Der Falke und das Bier

AF191523

Johann H. Konrad

Der Falke und das Bier

Grenzerfahrungen, Verbrechen, Verderben und
andere Unannehmlichkeiten

Impressum:

Bibliografische Information der Deutschen Nationalbibliothek:
Die Deutsche Nationalbibliothek verzeichnet diese Publikation in
der Deutschen Nationalbibliografie; detaillierte bibliografische
Daten sind im Internet über dnb.dnb.de abrufbar.

Lektorat: Jasmin Mrugowski, www.wortdetektei.com
Umschlaggestaltung: Johann Konrad

Verlag: BoD · Books on Demand GmbH, In de Tarpen 42, 22848
Norderstedt. bod@bod.de
ISBN: 978-3-7693-2711-3

Druck: Libri Plureos GmbH, Friedensallee 273, 22763 Hamburg

Vorwort (Triggerwarnung)

Liebe Leserinnen und Leser,

die Geschichten in diesem Buch sind reine Fiktion. Ich muss jedoch zugeben, dass ich bei einzelnen Erzählungen inspiriert worden bin. Eine Wiedererkennung ist jedoch unmöglich, wäre rein zufällig und falsch.

Das Leben bietet viel Inspirierendes und Schönes, hat jedoch auch seine dunklen Seiten, die mitunter pechschwarz sein können. Diese Polarität ist Teil unseres Daseins und kann uns in mehr oder weniger extremen Formen durch das Leben begleiten.

Bevor Sie in die Geschichten eintauchen, möchte ich eine Triggerwarnung aussprechen. Einige der nun folgenden Erzählungen behandeln schwierige Themen, darunter auch Gewalt, Tod und Suizid.

Als Autor möchte ich darauf hinweisen, dass bestimmte Inhalte starke Reaktionen wie Flashbacks und Angst auslösen können. Sollten Sie traumatische Erfahrungen mit solchen Themen gemacht haben und sich damit unwohl oder nicht sicher fühlen, dann legen Sie das Buch weg oder vertrauen Sie sich jemandem an. Ihr Wohlbefinden steht an erster Stelle.

Mit den besten Wünschen und der Hoffnung, dass die Geschichten Sie bewegen,

Ihr Autor

Ben

Ben lief es kalt den Rücken herunter. Ihm war übel. Gleich würde das Spiel wieder beginnen. Seit Wochen ging es nun so. Eine Routine, eine Prozedur. Quälend, belastend und auf eine besonders grausame Art tiefgehend die Seele verletzend. Er hatte schon alles Mögliche versucht, aber er konnte dem nur selten entkommen. Vermeidungsstrategien hatten nicht funktioniert und Hilfe hatte er trotz des zähen sich selbst Durchringens und des aufgebrachten Mutes, sich zu beklagen, nicht erhalten. Er war nicht ernst genommen worden, was seine Sicht auf die Situation nur noch katastrophaler erscheinen ließ. „Reiß dich zusammen", sagte er sich. Doch dieses eigene lächerliche Aufmuntern krepierte bereits gnadenlos in dem Moment, als der Gedanke gefasst wurde. Er stand auf und verließ als Letzter den Raum. Im Flur verhallte noch das letzte Geschrei, das mehr und mehr leiser wurde und sich weiter zu einem monotonen Grundrauschen entfernte. Seine Schritte wurden langsamer und kleiner. Je näher er sich der Tür näherte, desto mehr verkrampfe sich sein Magen. Ben blieb stehen.

Hier würde nichts passieren. Sicherheit. Scheinbare Sicherheit. So weit, so gut.

Eine laut und bestimmt geäußerte Aufforderung riss ihn aus seinen Gedanken und er fuhr erschrocken herum. „Gehst du bitte auch auf den Schulhof, Ben." Graue, leere Augen sahen ihn genervt an. Das aschfahle Gesicht seines Lehrers und durch tiefe Falten in einen asymmetrischen Rahmen gefasste Augen spiegelten jahrelang genährte Resignation wider. Mit der rechten Hand deutete er müde auf die Tür. „Du musst auf den Schulhof und kannst dich nicht im Gebäude aufhalten. Du kennst doch die Regeln."

„Ja", erwiderte Ben kleinlaut, holte Luft und wollte noch etwas sagen, verkniff es sich aber und setzte sich in Bewegung. Das Durcheinander von Geschrei, Lachen und Geräuschen von rennenden Schritten wurde lauter und zog wie ein stärker werdendes, sich näherndes Unwetter auf. Zögerlich betrat er den Schulhof und ging mit eingezogenem Kopf am Schulgebäude entlang. Die schattige Außenlinie im Abseits außerhalb des Blickfeldes war vielleicht seine Zuflucht für heute und zugleich sein trauriges Los, das er ertrug. Vielleicht hatte er dieses Mal Glück und sie sahen ihn nicht. Oder noch besser: sie interessierten sich nicht für ihn. Er hatte sich oft gefragt, warum es so gekommen war. Warum stand nur er in der Schusslinie? Seine Noten waren gut, aber nicht streberhaft. Er war erst vor ein paar Wochen in die Klasse gekommen, da seine Eltern umgezogen waren. Gleich am ersten Tag hatte er versucht, mit der Clique Kontakt zu knüpfen, was aber peinlich misslungen war. Ein dummes Fettnäpfchen. Ein Spruch, über den er sich nachträglich geärgert hatte. Es war albern gewesen, übertrieben und es entsprach nicht seiner Natur. Im Nachhinein. Damit war die Sache gescheitert. Authentisch sein und mit der Zeit Freundschaften aufbauen war nicht mehr möglich. Unbarmherzig hatte sich dieser Fehltritt in den Köpfen der Clique festgesetzt. Vermutlich hatte er aber auch von Anfang an keine Chance gehabt, auch ohne Fettnäpfchen. Das Fundament war gelegt und die Zeit ließ sich nicht zurückdrehen. Seine Einschätzung, bei der Gruppe landen zu können, hatte ihn unbewusst getäuscht. Kinder können grausam sein, heißt es. Hier war aber mehr im Spiel. Boshaftigkeit. Tief verwurzelte Boshaftigkeit, in den Persönlichkeiten der

Leitwölfe der Clique verwurzelt. So hatte sich sein in den darauffolgenden Wochen erlebtes Martyrium für ihn zu einem Albtraum und für die Clique zu einem grausamen Spiel entwickelt. Vorfreude für die einen, Angst für den anderen. Eine sich selbst beschleunigende Dynamik war entstanden. Es schien so, als wenn jede an ihm vollzogene Untat mehr und mehr die Grenzen des Erträglichen ausgeweitet hatte. Seine Eltern interessierte es nicht. Beide waren abends zu müde und reagierten genervt, wenn er von Problemen berichten wollte. Leistung war alles, was sie interessierte. So entstand selbst an seinem sicheren Rückzugsort, dem Zuhause, nur noch mehr Druck, der sein Grundvertrauen erschütterte. Sein Lehrer, ein depressiver Ignorant, hatte auf seine vertrauliche Beichte nur die Augen verdreht und gesagt, er solle sich nicht so anstellen. Das sei sicherlich nicht so schlimm und es seien ja nur Scherze. Kinder seien eben so. Er habe das noch nicht beobachtet. Ben resignierte, fühlte sich allein und im Stich gelassen.

Hin und her gerissen zwischen Wut und Angst erfüllte sich seine selbsterfüllende Prophezeiung. Sein Unheil bringendes Mantra, mit dem er sich selbst quälte, wurde wieder und wieder zu seiner Realität. Ein Teufelskreis, aus dem Ben mit eigener Kraft nicht herauskam.

Er verspürte einen Stoß von hinten und taumelte. Er ruderte mit den Armen und stolperte mit zwei, drei Schritten nach vorne. Die Wucht des Stoßes war stärker als die Bewegung seiner Beine. Sein Oberkörper war durch die Kraftübertragung schneller als der Unterkörper. Das konnte nicht funktionieren. Reine Physik. Er stürzte. Reflexartig schossen seine Hände nach vorne. Er hob ab. Minimal. Wie in Zeitlupe schien sich in dem kurzen Moment der Schwerelosigkeit der Schmerz anzukündigen, der ihn in den kommenden Sekunden treffen würde. Seine Hände berührten den Boden. Angetrieben von der Wucht des Stoßes und seines Körpergewichts rieben seine Hände wie Schmirgelpapier über den nassen Asphalt. Der Asphalt war hart und rau. Kleine Kieselsteine trieben sich in die Oberfläche der Haut seiner Hände und pressten sich blutig in das Fleisch. Ein stechender Schmerz durchfuhr ihn. Sein Körper rutschte über den feuchten, schmutzigen Boden. Seine Hände brannten wie Feuer. Tränen schossen ihm unmittelbar in die Augen. Neben dem Schmerz spürte er unvermittelt die Nässe, die durch seine Kleidung drang. Für Sekunden blieb er liegen, dann stützte er sich auf. Gelächter. Brüllendes, lautes Gelächter. Sie standen um ihn herum. Er versuchte aufzustehen. Der dreckige Boden unter ihm mischte sich mit seinem Blut, das von den Händen tropfte. Er ging auf die Knie und richtete den Oberkörper auf.

Dann geschah es. In dieser unwirklichen Situation der puren Verzweiflung und des Schmerzes traf ihn eine weitere bösartige Verhöhnung, die eine innere Barriere, eine Grenze bei Ben überschritt. Ein innerer Widerstand, der aus Angst, körperlicher Unterlegenheit, Frust und Verzweiflung und vielleicht auch einem letzten Schimmer Hoffnung zusammengehalten wurde und Ben seit Wochen diese Torturen hatte erdulden lassen. Tatsächlichen körperlichen Widerstand hatte er bisher nie geleistet. Die weitere Bösartigkeit bestand aus einem vollen und geöffneten Joghurtbecher, der mit voller Wucht gegen Bens Kopf geschleudert wurde. Der Becher traf ihn an der Seite. Es schmerzte. Erdbeerjoghurt klatschte in seine Haare und lief an seinem Gesicht und an seiner Kleidung herunter. Fassungslos rang Ben mit offenem Mund nach Luft. Das Gelächter verwandelte sich in ein hysterisches, absurdes Krächzen. Er sah, wie sich Martin, einer der Leitwölfe der Clique, vor Lachen nach vorne beugte und vor Ektase fast das Gleichgewicht verlor. Martin rang vor Lachen nach Luft. Es gesellten sich mehr Schüler dazu und das Lachen wurde lauter. Unendliche Scham erfüllte Ben und aus den Augenwinkeln, immer noch gebeugt auf dem schmutzigen Boden kniend, nahm er wahr, dass sich die ganze Welt gegen ihn verschworen zu haben schien. Hass stieg in ihm hoch. Unbändige Wut pumpte in hoher Geschwindigkeit einen Schwall Adrenalin in seine Adern. Das war zu viel. Etwas Tiefes, Wertvolles in ihm zerbrach endgültig und löste einen Impuls aus, der seinen inneren Widerstand durchbrach. Irgendwas in ihm erstarb in diesem Moment und es setzte etwas aus. Später würde Ben in vielen Gesprächen und Sitzungen aussagen, dass er sich an diesen Moment nicht mehr erinnern könne.

Ben schrie auf. Das ganze Leid, das er erfahren hatte, manifestierte sich in diesem tiefen, langen

Schrei. Wut bahnte sich ihren Weg über seine Kehle zu seinen Stimmbändern und seinem aufgerissenen Mund entströmte ein merkwürdig drohender, sehr lauter Unterton. Es klang nicht schrill. Aber unglaublich laut und mit einem dumpf klingenden Ausdruck der Wut brüllte Ben den Asphalt vor sich an, auf dem sich Blut und Schmutz fast künstlerisch, streifenförmig vereinten. Einige der Schüler, die im Halbkreis um ihn herumstanden, verstummten. Instinktiv zuckten einige zusammen und traten ein paar Schritte zurück. Ben drehte leicht den Kopf. Sein Schrei hatte an Lautstärke verloren. Inzwischen waren die meisten Kinder verstummt und blickten erschrocken auf Ben. Intuitiv erkannten die meisten, dass es dieses Mal anders war. Aber Martin lachte immer noch.

Diese absurde, hämische Fröhlichkeit, die Ben wie ein weiterer Schlag ins Gesicht traf, mobilisierte all seine Kraft. Er richtete sich blitzartig auf, setzte seine geballte Wut in diesen Sprung, packte Martin und rannte mit voller Wucht los. Martin hatte keine Zeit, um zu reagieren. Mit aufgerissenen Augen und völlig überrascht – der Rest eines Lachens lag noch auf seinen Lippen – versuchte er nach Ben zu greifen, ruderte jedoch nur hilflos umher, um das Gleichgewicht zu halten. In dieser schnellen Rückwärtsbewegung strauchelnd, Ben, einen Kopf kleiner, mit erhobenen Fäusten vor sich, die sich in der Jacke von Martin verdrehten, wirkte das Bild der beiden fast verstörend lächerlich und skurril. Ein dumpfes Geräusch beendete schlagartig die sprunghafte Bewegung. Sie hatten die Steinmauer erreicht. Ben lockerte den Griff. Martin blickte Ben erstaunt an, verdrehte die Augen, sackte zu Boden und fiel nach vorne. Blut trat aus seinem Hinterkopf aus. An der Wand hinter ihnen ragte ein Eisenscharnier, von dem Blut herabtropfte. Geschrei hallte über den Schulhof. Die ersten Kinder liefen weg. Ben stand neben Martin und konnte sich vor Schreck nicht bewegen, ebenso wie der Rest der Clique. Mit einem lauten „Was ist hier los?" verstreute sich die Gruppe der Kinder und die Pausenaufsicht erschien. Zurück blieben Ben und Martin.

Ben saß am Steuer und beobachtete die andere Straßenseite. Den Motor hatte er ausgeschaltet. Ein korpulenter Mann fegte die Hofeinfahrt einer Doppelhaushälfte, dessen Grundstück von einer akkurat geschnittenen Hainbuchenhecke umschlossen war. Waschbetonplatten, begleitet von lieblos arrangierten Blumenkübeln, und gerade ausgerichtete Mülltonnen zeichneten ein Bild von vollkommener, hässlicher Spießigkeit.

Beim Anblick des Mannes kroch eine zutiefst ehrliche Abneigung in Ben hoch. „Mein Gott, bist du alt und fett geworden", sagte er leise. Die Haustür wurde geöffnet. Eine ebenso übergewichtige Frau trat aus dem Haus. „Martin, kommst du endlich rein?" Ihr Tonfall klang schrill und gehässig. Ben verspürte eine spontane Antipathie.

Der Tag auf dem Schulhof hatte seinen Tribut gefordert. Von der Schule geworfen, von Martins Familie verklagt und von der Verständnislosigkeit und Wut seiner Eltern zutiefst enttäuscht, war es für ihn nur noch bergab gegangen. Sein Leben schien für immer dunkel und verwirkt zu sein. Die nächsten Jahre hatte er zurückgezogen und frustriert sein ihm auferlegtes Pflichtprogramm abgespult. Nur das Nötigste. Nicht auffallen, nur gefallen und funktionieren. Erst Jahre später glomm ein Funke Hoffnung auf. Abgenabelt von seinen

desinteressierten Eltern hatte er nach einem Orts-
wechsel jemanden kennengelernt. Es hatte weitere
Jahre gedauert, bis sein Schutzpanzer ihr gegenüber
mehr und mehr bröckelte. Diese bedingungslose
Akzeptanz verunsicherte ihn manchmal immer noch.
Die Narben, die Ben in sich trug, würden für immer
bleiben, jedoch waren sie keine böse Erinnerung
mehr. Sie waren eine Erinnerung daran, dass es immer einen Weg nach vorne gibt.

Um Verzeihung bitten. Darüber reden. Konnte
damit ein Schlusspunkt unter das alte Kapitel gesetzt
werden? Das war ihm zumindest gesagt worden. Sein
Therapeut hatte ihm immer wieder dazu geraten,
jedoch keine Form oder Art und Weise des Handelns
konkret vorgegeben.

Ben sah zum Haus hinüber. Der Vorfall hatte ihn
jahrelang begleitet. Inzwischen war er zwar verblasst,
war aber immer in gewisser Weise präsent geblieben.
Ob es Martin ebenso ergangen war? Er wusste es
nicht, hatte aber seine Zweifel. Martin schlurfte zurück ins Haus und schloss die Tür hinter sich. Ben
starrte noch einige Zeit auf die Haustür. In ihm blitzte

ein Gedanke auf. Er atmete tief durch, startete lächelnd den Wagen und fuhr los.

Daniel

Es war noch früh. Nebel hing in dünnen Fäden schwebend über der Wasseroberfläche. In der Ferne zogen vereinzelte Vögel mit rhythmischen Flügelschlägen ihre Bahnen. Das gesamte Ufer des Sees war von dieser Stelle einsehbar. Die Bäume des Waldes umsäumten das Gewässer wie eine schützende Mauer. Es lag eine Stille über dem See, die auf faszinierende Weise friedlich und unheimlich zugleich wirkte. Daniels rechter Fuß tauchte in das Wasser. Es war kühl, aber nicht unangenehm kalt. Wellenförmig breiteten sich Kreise aus, welche die perfekt glatte Oberfläche symmetrisch durchzogen. Er zog seinen linken Fuß nach und die Wellenkreise überlappten sich spielerisch. Schritt für Schritt ging Daniel weiter. Der Pegel erreichte seine Oberschenkel. Er fröstelte und schüttelte sich. Weiter. Das Wasser erreichte seinen Schritt und den Torso. Er schnappte kurz nach Luft. Er ließ sich nach vorne sinken. Sein Körper sowie sein Kopf tauchten vollständig unter. Er stieg wieder nach oben und holte tief Luft. Mit rhythmischen Bewegungen seiner Arme und Beine begann Daniel seine Bahnen zu ziehen. Der Sommer war

vorbei und die Nacht hatte das Wasser deutlich abge-
kühlt. Daniel liebte diese morgendliche Routine. Sie
erfüllte ihn mit einer inneren Ruhe und Ausgegli-
chenheit. Und sie hielt ihn fit. Lange würden die Tem-
peraturen dieses friedvolle Ritual nicht mehr zulas-
sen. Er zog weiter seine Bahnen, die insgesamt rund
20 Minuten andauern würden. Anschließend würde
er wie üblich seinen Arbeitstag starten.

Heute war jedoch irgendetwas anders. Ein innerer
Widerstand hemmte seine Bewegungen. Nicht
körperlich. Verbitterung zerstörte seine innere Ruhe,
nach der er sich jeden Morgen so sehnte. Das Gefühl
stieg gnadenlos und unaufhaltsam in ihm auf. In Gedanken ging er die letzten Tage und Stunden durch.
Wie konnte sie ihm das nur antun? Er hatte die Ver-
änderungen schon länger unbewusst wahrgenom-
men. Dieses subtile Störgefühl, das sich einstellte,
wenn Kleinigkeiten die sonst so liebevolle Atmo-
sphäre vergifteten. Ihre plötzliche, harte und unnach-
giebige Entscheidung hatte ihn wie einen Schlag getroffen. Was hatte er übersehen? Er hatte sicherlich
Fehler gemacht. Aber es konnte doch nicht alles seine
Schuld sein. Wie einen benutzten Gegenstand hatte

sie ihn weggeworfen. Kalt und herzlos. Er wusste, dass es keinen Weg zurück gab. Es war vorbei. Was blieb, war die Leere. Emotional am Tiefpunkt. Was blieb? Freunde, um die er sich zu wenig gekümmert hatte. Ein Job, den er im Grunde hasste.

Er schwamm weiter seine Runde und versuchte sich auf das Wasser und die Umgebung zu konzentrieren. Dieses Ritual war immer sein positiver Anker gewesen, doch die Ereignisse der letzten Tage überschatteten nun sein persönliches Refugium. Ihn überkam ein tiefes Gefühl der Traurigkeit. Hoffnungslosigkeit schnürte ihm den Hals zu. Eine Absolutheit der Abwesenheit von Glück durchströmte ihn. Seine Bewegung stockte. Sein Körper sank und verließ die Wasseroberfläche. Er schwebte nach unten. Er hielt die Luft an. Es wurde dunkler. Die Kälte nahm deutlich zu und brannte auf seiner Haut. Schmerz und Angst erfüllten ihn und wurden mit dem Gefühl einer baldigen Erlösung vermischt. Das war es also. Sein Leben war schön gewesen. Fast. Kein Film ging vor seinem inneren Auge vorbei. Das kam vermutlich erst noch. Er sah nur die trübe, dunkelgrüne Masse des Wassers, die schwärzer wurde, je weiter er nach unten sank. Er wollte seine Wut herausschreien, doch eine schmerzende Kälte umfing ihn, presste sich an ihn und schien ihn zu verschlingen. Der Sauerstoff in seinem Körper wurde knapp. Ein Gefühl der Panik stieg in ihm hoch und sein Herz pochte.

Dann durchfuhr ihn ein Zucken. Wie nach einem elektrischen Schlag bäumte sich sein Körper auf. Seine Arme und Beine bewegten sich explosionsartig. Wie nach einer schallenden Ohrfeige waren seine Sinne plötzlich klar und wach. Mit aller Kraft schlug er um sich und trieb ruckartig nach oben. Der letzte Meter. Sein Körper verlangte verzweifelt nach Luft und er versuchte den Reflex eines zu diesem Zeitpunkt tödlichen Einatmens zu unterdrücken. Er sah sein Ende.

Die glatte Oberfläche des Wassers brach. Mit einem tief grollenden Geräusch rang Daniel nach Luft. Seine Lungen blähten sich schmerzhaft auf. Zwei, drei Atemzüge. Er schrie. Seine gerade erlebte Todesangst, seine Wut und Frustration bahnten sich durch diesen Schrei einen Weg nach draußen. Der Schrei ebbte ab. Emotional und körperlich entkräftet schleppte er sich in Richtung Ufer. Seine Füße erreichten den Boden. Mit beiden Armen stieß er seitlich das Wasser zur Seite und stapfte aus dem See. Seine Beine brannten. Vor Kälte zitternd sank er am Ufer auf die Knie. Tränen schossen ihm in die Augen. Er lebte. Wie konnte er nur? Er weinte bitterlich. So verharrte er einige Minuten. Zitternd erhob er sich und ging zu seinen Sachen.

Fröstelnd saß er am Steuer, doch seine Kleidung wärmte ihn allmählich. Tief und ruhig atmend blickte er auf den See. Den See, der ihm inneren Frieden sowie fast das Ende bereitet hatte.

„Scheiß drauf", murmelte er. Sein Gesicht, gezeichnet von der Kälte und den Tränen, entspannte sich. Verwundert beschlich ihn ein Gefühl von Dankbarkeit und er startete den Motor. Er sah plötzlich klar und er fühlte sich auf eine merkwürdige Art befreit. Der Schotter unter den Reifen des Waldweges knirschte, als er losfuhr. Er blickte in den Rückspiegel. Als wäre nichts gewesen, schwebten mit stoisch wirkender Ignoranz Nebel in dünnen Fäden über den See, der ruhig in trauriger Schönheit dalag.

Hans

Das tosende Brüllen der wiederkehrenden Detonationen ließ die Männer verstummen. Die Erde zitterte und bebte bei jedem Einschlag. Neben dem Lärm war die Luft von schwefeligem Gestank erfüllt und durch jede kraftvolle Wucht der Explosionen wurde Dreck in die Höhe geschleudert, um wie ein Regenschauer auf Mensch und Boden niederzuprasseln. Welle um Welle hämmerten die Geschosse auf die Erde nieder. Ein teuflisches Brüllen schien all denjenigen den Tod ankündigen zu wollen, die sich verzweifelt in ihren nassen, stinkenden Löchern zusammenkauerten. Ihre Gesichter waren vor Schreck erstarrt. Allein das Schicksal entschied über Leben oder Tod, über Schmerz und Befreiung. Die Männer standen und hockten dicht an dicht, die Gesichter verbittert verkniffen, und warteten an den Leitern, die sie dem Tod näherbringen würden. Es blieb nur die Hoffnung, verschont zu bleiben.

Das mörderische Tosen hatten sie selbst oft genug durchlitten. Freunde und Kameraden waren dabei aus dem Leben gerissen worden. Dieses Mal traf es jedoch nicht sie, sondern den Feind. Einen Feind, den sie nicht kannten, der ebenso angsterfüllt und verzweifelt war wie sie. Ein Feind, der unter anderen Umständen in einer anderen Zeit ihr Leben auch als Freund, Vertrauter, Kollege oder als zufälliger Bekannter hätte kreuzen können. Das, was sie selbst ein paar Meter entfernt von den Einschlägen mitbekamen, musste für die andere Seite, den Feind, unerträglich sein.

Hans umklammerte sein Gewehr und seine Fingerknöchel traten hervor. Seine Gedanken waren wie in einem dichten Nebel gefangen. Dumpfe Bilder seiner Familie schossen ihm durch den Kopf, Bilder seiner Kindheit, seiner Schulzeit. Triviale Kleinigkeiten, die ihm im Alltag als selbstverständlich vorgekommen waren, unbewusst durchlebt und nun so sehr herbeigesehnt wurden. Jede Sekunde dieser belanglosen Glücksmomente in seinem bisherigen kurzen Leben schienen in diesem Moment wie das Paradies zu wirken. Ein Paradies, das er damals nicht angemessen genossen hatte, wie es ihm jetzt in diesem nach Tod stinkenden Loch erschien. Diese Glücksmomente waren in unerreichbare Ferne gerückt.

In wenigen Minuten würde er hinter seinen Kameraden die Leiter aus dem Graben hinaufklettern und in das tödliche Niemandsland laufen. Eine unbeschreibliche Angst erfüllte ihn. Er zitterte, so wie alle anderen Männer um ihn herum. Die Erfahrung der letzten Monate spielte keine Rolle. Sie führte ihm eher vor Augen, dass die Wahrscheinlichkeit, diese Hölle wieder und wieder zu überstehen, rein rechnerisch sinken musste. Mathematik. Er musste augenblicklich an den Schulunterricht denken und ein kurzes, bitteres Lachen brach aus ihm heraus. Wie krank. Niemand sah es. Er sah Heinrich neben sich stumpf an. Ihre Blicke trafen sich. Heinrichs Augen waren von Angst erfüllt. Das gemeinsame Durchstehen dieses Leides schaffte jedoch auch ein Gefühl des Zusammenhaltes.

Hans und Heinrich hatten vor mehreren Monaten gemeinsam die Schulbank gedrückt. Es war keine Freundschaft gewesen, die sie teilten. Ihre Herkunft hatte hierfür keine guten Voraussetzungen geschaffen. Heinrich, mit landadligem Hintergrund, Hans aus einfachen Verhältnissen. Eine mitschwingende Arroganz, auch wenn sie nicht beabsichtigt war, die

27

dem adligen Hintergrund Tribut zollte, hatte Hans stets ablehnend gegenübergestanden. Diese Ablehnung hatte Hans unterbewusst angetrieben und es war zwischen ihnen immer wieder zu Konflikten gekommen, die oftmals in Raufereien auf dem Schulhof geendet und Ärger mit Lehrern und Familie nach sich gezogen hatten. Stets war das Missgeschick des einen Freude des anderen gewesen. Doch in diesen stinkenden Schützengräben waren sie gleich und das Schicksal entschied über Leben und Tod. Das monatelange Martyrium der Kämpfe in den Gräben hatte sie gegenseitigen Respekt gelehrt, der sich bisweilen in gegenseitiger Freundlichkeit ausdrückte.

Hans blickte wieder nach vorn. Der Rücken seines Vordermanns, der direkt an der Leiter stand, hob und senkte sich im Rhythmus seines heftigen Ein- und Ausatmens.

Dann verstummte das dumpfe Donnern der Geschütze und die Einschläge verebbten. Die Luft war von stinkendem Rauch erfüllt. Für Sekunden herrschte eine tödliche Stille, die abrupt unterbrochen wurde. Der Grabenkommandant brüllte seine Befehle. Hans fühlte panische Angst in sich hochkriechen. Schweiß rann an seinen Schläfen und an seinem Rücken herunter. Sein Atem ging schneller. Adrenalin durchströmte seinen Körper. Dann ertönten die Trillerpfeifen, begleitet von den wiederkehrenden bellenden Befehlen der Unteroffiziere. Sein Vordermann stieg die Leiter empor und sprang auf das Schlachtfeld. Hans folgte ihm, sein Gewehr so fest umschlossen, als könne er es mit bloßen Händen zerquetschen.

Außerhalb des Grabens nahm er den sonst so seltenen Anblick des offenen, weiten Feldes nicht wahr. Stattdessen konzentrierte er sich auf die ihm vorausliegende Trümmerlandschaft. Der Rest der Welt um ihn herum verschwamm. Wie in Trance lief er voran, so schnell er konnte und die herumliegenden Trümmer es zuließen. Seine Kameraden liefen ebenfalls keuchend los, alle in die so todbringende Richtung. Sie bahnten sich den Weg durch Matsch, Krater und Stacheldrahtbarrieren. Teile von verwesenden Leichen und Pferden lagen halb im Dreck verschüttet und hingen in Stacheldrahtrollen. Wie eine graue Masse schoben sich die Männer durch die zerstörte Landschaft nach vorn. Bis auf ein Trampeln der stapfenden Füße und ein Keuchen war nichts zu hören. Hans' Gedanken überschlugen sich, während er weiterlief. Warum fielen keine Schüsse? Warum schlugen keine Granaten um ihn herum ein? Warum lebte er noch? Hatte ihre Artillerie alles zerstört? Weiter, nur weiterlaufen. Sein Unteroffizier lief voran, blickte immer wieder leicht zur Seite und trieb seine Männer an. Der Graben des Feindes kam in Sicht. Das Ziel, das aus Dreck und Tod bestand und im Laufe der letzten Wochen mehrfach die Besitzer gewechselt hatte. Unter hohem Blutzoll und ohne klaren Sieger.

Die erste Salve des ratternden Maschinengewehrs zerfetzte den Oberkörper seines Unteroffiziers vor ihm. Sein Kamerad, der vor ihm die Leiter hochgeklettert war, fiel ebenso. Dann brach die Hölle über sie herein. Wie eine Faust traf die Männer das tödliche Maschinengewehrfeuer. Der Boden bebte durch die Einschläge der Mörser. Hans taumelte weiter. Er stürzte, kämpfte sich wieder auf und lief geduckt im Zickzack-Kurs weiter voran. In das ohrenbetäubende Schießen und Knallen mischten sich die Schreie seiner verwundeten und sterbenden Kameraden. Die

Druckwelle einer einschlagenden Granate riss ihn zur Seite und er wurde hinter die Reste eines umgefallenen Baums geschleudert. Augenblicklich war es in seiner Welt still – er hörte nur noch ein lautes Pfeifen und Rauschen. Verschwommen sah er seine Kameraden, die von Kugeln getroffen in sich zusammensackten oder sich weiter vorwärts kämpften. Dann wurde das Pfeifen leiser und der Kampflärm wieder lauter. Er nahm sein Gewehr und schoss aus seiner Deckung in Richtung des feindlichen Schützengrabens. Ein weiterer Unteroffizier in seiner Nähe befahl anzugreifen und erhob sich, um den Vorstoß anzuführen, als sein Kopf durch ein Geschoss halb weggerissen wurde.

Der Vorstoß stockte. Das Feuer des Feindes prasselte unaufhörlich auf sie ein und verwandelte die letzten Meter zu ihrem Ziel in eine sichere Todeszone. Hans lud sein Gewehr nach. Er sah, wie einzelne seiner Kameraden versuchten, zurück zur eigenen Linie auszuweichen.

„Halten! Linie halten!", brüllte einer der Offiziere. Die Männer gehorchten. Das Feuergefecht hielt an. Doch sie waren an Ort und Stelle festgenagelt. Sie lagen in Erdlöchern und im Schlamm und feuerten aus ihrer fragilen Deckung auf den Feind, der sie ebenso pausenlos beschoss. Auf beiden Seiten wartete der Tod. Mehr und mehr Kameraden fielen oder wurden verwundet. Es ging nicht weiter voran. Unmöglich.

Dann flogen die ersten Rauchgranaten und die Sicht vernebelte sich. „Zurückziehen, zurückziehen!", brüllte jemand. Die Schüsse und die Einschläge der Granaten ebbten nicht ab. Hans feuerte in Richtung Feind, sprang auf und rannte im Zickzack-Kurs zurück. Um ihn herum fielen weitere Kameraden. Ein heftiger Schlag ließ ihn taumelnd nach vorn stürzen. Er rollte sich in einen Krater. Seine Schulter brannte. Er fasste an die schmerzende Stelle und sah, wie sich sein Blut mit dem Schlamm auf seiner Hand vermischte. Er war getroffen worden. Doch der Schmerz war der Beweis, dass er noch lebte. Durch das Adrenalin war es erträglich. Er musste weiter. Bloß nicht zurückbleiben, schon gar nicht verwundet. Er drehte sich zur Seite und richtete sich auf. Der Krater bot ihm eine Deckung vor den Geschossen, die weiterhin um ihn herumpfiffen. Das Zischen der

Projektile wirkte wie ein Schwarm brummender, zorniger Wespen, der sich unnachgiebig auf seine Gegner stürzte. Noch wenige Meter bis zum schützenden Graben. Er schrie auf, als er weiter an den Kraterrand herankroch. Er umklammerte sein Gewehr und setzte zum Sprung an.

Dann sah er Heinrich. Er rannte geduckt auf den Graben zu und hatte ihn schon fast erreicht. Dann zuckte sein rechtes Bein auf unnatürliche Weise zur Seite und Blut spritzte hervor. Heinrich brüllte auf und stürzte. Heinrich lag ohne Deckung im Schlamm. Links und rechts von ihm wurden kleine Erdfontänen durch das Maschinengewehrfeuer aufgeworfen. Hans blickte entsetzt zu Heinrich und brüllte ihm zu: „Heinrich, bleib liegen! Nicht bewegen!"

Hans blickte sich um. Es waren nur wenige Meter. Seinen eigenen Schmerz spürte er in diesem Moment nicht mehr. Er starrte Heinrich an und setzte zum Sprung an. Heinrich sah Hans mit schmerzverzerrtem Gesicht an und schüttelte den Kopf. „Lass es! Lauf zum Graben, du Idiot!"

Hans sprang auf und stürzte zu Heinrich. Sekunden später war er bei ihm. Die Geschosse schlugen unaufhörlich neben ihnen ein. Doch wie durch einen unsichtbaren Schutzschild abgeschirmt, wurden sie nicht getroffen. Es wirkte surreal. Inmitten dieser menschenverachtenden Hölle, die sämtliches Leben auszulöschen schien, kauerte Hans bei seinem Kameraden und packte ihn mit seinem unverletzten Arm. „Los! Komm! Es ist noch nicht die Zeit zum Abkratzen."

Heinrich richtete sich unter schmerzerfüllten Schreien auf. Sie stolperten Richtung Graben, der nur wenige Meter vor ihnen lag. In diesem ohrenbetäubenden Lärm der ratternden Maschinengewehre und der um sie herum einschlagenden Geschosse klammerten sich beide aneinander, ohne von einem Schrapnell getroffen zu werden. Zwei Kameraden aus dem Graben vor ihnen streckten die Hände nach ihnen aus. Nur noch ein kurzes Stück. Fast da.

Hans spürte keinen Schmerz. Nur dunkle Stille. Völlige Leere. Die Wucht der Kugel hatte ihn nach vorne geworfen. Nun lag er nur einen halben Meter vom Rand des Grabens entfernt. Das Blut aus dem Loch in seinem Schädel tränkte die Erde. Heinrich war mit ihm nach unten gerissen worden. Er wurde von den Händen seiner Kameraden in den Graben gezerrt, wo er vor Schmerz schreiend auf den matschigen Boden fiel. Hans lag noch an der gleichen Stelle, mit blutverschmiertem Gesicht und vor Erstaunen aufgerissenen Augen.

Die Schüsse verebbten und die einkehrende Stille wurde nur durch die Schreie der Verwundeten und Sterbenden zerrissen. Rauchschwaden zogen über das Niemandsland. Es roch nach Tod. Die durch die Wolken hereinbrechende Sonne schnitt Muster in die vom Rauch vernebelte Landschaft und erzeugte eine unwirkliche Schönheit, die jedoch das Grauen auf der Erde nicht überstrahlen konnte.

Lisa

Das Vorzimmer war nobel eingerichtet, wirkte jedoch teilweise altbacken. Teure Sessel standen vor einem dunkelbraunen Bücherregal, das sich, nach den Buchbänden zu urteilen, mit intellektuell anspruchsvoller Wirtschaftsliteratur schmückte. Der Teppich sah kostspielig aus und dämpfte die Geräuschkulisse. Mit geschlossenen Augen hätte man meinen können, auf einer dicken Watteschicht zu laufen, die sanft knirschend unter den Schritten nachgab. Im Licht der Sonnenstrahlen tanzten flimmernde Staubflocken vergnügt auf und ab. Die holzvertäfelte Tür zum nächsten Raum war dick und schwer und ließ keinen Laut durch.

Die Vorzimmerdame blickte auf ihren Computer, hackte geübt auf die Tastatur ein und füllte Satz für Satz das Dokument auf dem Bildschirm. Ihr elegantes Kostüm wurde durch einen ernsten Blick abgerundet, der stechend durch eine rot gefärbte Hornbrille fiel. Ihre furchteinflößende Erscheinung wurde durch das von feinen Fältchen gezeichnete Gesicht und eine Aura von Strenge und Bestimmtheit vervollständigt.

Diese Person als Feind zu haben, bedeutete mit Sicherheit den beruflichen Tod.

Lisa saß kerzengerade auf einem der luxuriösen Sessel. In ihren leicht schwitzigen Händen hielt sie eine Mappe. Max Kappelmann, ihr Chef, saß neben ihr und versuchte, seine Unruhe mit der für ihn typischen, oberflächlichen Lockerheit zu überspielen. Sein Macher-Gehabe wirkte oft viel zu übertrieben, was jedem aufmerksamen Kollegen sofort auffiel. Sein Lächeln wirkte gezwungen und auf seiner Stirn zeichneten sich die für heikle Situationen charakteristischen Falten ab. In diesem Moment hätten jedoch vermutlich die meisten abgezockten Manager Stress-symptome gezeigt.

Eine Mischung von Kaffeeduft und Angstschweiß lag in der Luft. Der Termin war kurzfristig ohne Vorankündigung angesetzt worden. Dieses Vorgehen entsprach nicht den üblichen Berichtsgepflogenheiten. Ad-hoc-Termine waren in der Regel die Vorboten eines bedrohlichen Untergangsszenarios. Doch im Grunde war das auch nicht weiter überraschend.

Das Projekt lief schlecht. Sehr schlecht. Man hetzte dem Zeitplan hinterher und die eingeplanten

Ressourcen reichten nicht aus. Typisch für eine überhastete „Ich verspreche euch das Blaue vom Himmel, um mit einem Leuchtturmprojekt raketenhaft Karriere zu machen"-Strategie. Machen, nicht quatschen. Ich bin der Wolf, ihr die Schafe. Doch der Mangel an einer bedächtigen und effektiven Ausarbeitung eines Plans mit Weitblick führte diese Spielweise ad absurdum. Und wenn etwas schiefging, waren im Zweifel die anderen schuld.

Eine nachträgliche Budgeterhöhung hatte es bereits gegeben und der vorherige Projektverantwortliche war mit Schimpf und Schande aus dem Unternehmen gejagt worden. Die arbeitsrechtliche Auseinandersetzung lief noch, wie Lisa über den Flurfunk erfahren hatte.

Sie sah zur Uhr an der Wand. Der Sekundenzeiger stolperte zwar langsam, aber unaufhaltsam von einem Punkt zum nächsten. Das leise Ticken klang wie eine mahnende Stimme, die ein Unheil ankündigte. Mit jeder weiteren Sekunde, die verstrich, stieg die Angst. Der Termin hätte vor zwölf Minuten beginnen sollen. Vor einer halben Stunde hatte Lisa noch entspannt und vertieft in ihre Arbeit an ihrem Platz gesessen.

Die Verspätung war nicht ihre Schuld. Das Büro war noch durch einen Termin besetzt. Ängstlich blickte Lisa zur schweren, holzvertäfelten Tür. Sie bemerkte, wie auch ihr Chef Max immer wieder zur Tür blickte und einen sorgenvollen Gesichtsausdruck nicht überspielen konnte.

Auch wenn die Verzögerung nicht an ihnen lag, würde sie die Laune ihres Projektsponsors noch weiter verschlechtern. Er hasste es, wenn seine zeitliche Planung durcheinandergeriet. Schlechte Planung führt zu Chaos und Chaos war weder effizient noch effektiv und schon gar nicht gewinnbringend. Auf Fehlplanungen reagierte er bei jeder Gelegenheit mit unverhohlener Kritik. Ob Charakterzug oder pädagogisches Stilmittel – vielleicht war es auch beides. Als CEO war Markus Wagner ein typischer Vertreter des White-Old-Boys-Clubs. Alt, weiß und grauhaarig. Zweifach geschieden. Eine hagere und strenge Erscheinung. Geradezu asketisch. Teure Kleidung, geschmückt mit einer protzigen Uhr, die er bei jeder Gelegenheit beiläufig präsentierte. Eine steile

Karriereleiter, die zielstrebig und kompromisslos bezwungen wurde. Sein Motto: Karriere sei wie Krieg – ohne Verluste gäbe es keine Geländegewinne. Wer nicht mithalten konnte, sollte am Wegesrand verrecken.

Gegenüber Mitarbeitern war er kalt und stark zahlenorientiert eingestellt. Das Einzige, was zählte, war Cashflow. Wurden die Zielvorgaben nicht eingehalten, war der Druck offensichtlich zu gering. „Läuft der Esel nicht weit genug, hat man die Möhre wohl nicht weit genug geworfen", wurde er bisweilen zitiert. Eine fleischgewordene Effizienzmaschine.

Mit einem Mal waren gedämpfte Stimmen zu hören. Das Stimmengewirr wurde lauter. Die schwere Tür öffnete sich und glitt sanft rauschend über den dicken Teppichboden. Herr Meyer kam aus Wagners Büro. Sein Gesicht war weißer als sonst, sein faltiger Hals rotgefleckt. Mit einem gezwungenen Lächeln nickte er Lisa und ihrem Chef zu, verschwand wortlos auf dem Flur und hinterließ einen Duft nach Kaffee, Schweiß und Old Spice.

Markus Wagner stand in der Tür und sagte zu seiner Assistentin: „Machen Sie bitte einen Termin mit Herrn Kapulka. Heute noch." Sie nickte. Er blickte zum Wartebereich. „Und Sie da – direkt mitkommen! Der Zeitplan ist sowieso schon im Eimer." Er drehte sich um und ging in sein Büro. Lisa und ihr Chef standen auf und folgten ihm. Lisa schloss die schwere Tür hinter sich.

„Setzen Sie sich." Wagner wies auf die zwei Sessel vor seinem Schreibtisch, die sowohl Schafott als auch Startrampe sein konnten. Beide Funktionen erfüllten sich hier regelmäßig. „Ich hoffe, Sie haben gute Nachrichten für mich. Das wären dann nämlich die ersten heute. Vermutlich werde ich aber enttäuscht, wenn ich mir den Grund für dieses spontane Treffen anschaue. Aber vielleicht gibt es ja noch einen Hoffnungsschimmer, Kappelmann, und Sie können mir erklären, wie diese beschissenen Zahlen zustande kommen, die ich mir heute Nacht ansehen musste. Oder habe ich irgendwas übersehen, vielleicht sogar nicht verstanden?" Mit einem provokanten Lächeln und funkelnden Augen lehnte er sich vor und sagte etwas leiser: „Oder Sie erklären mir, dass ich die Zahlen falsch interpretiert habe, sich alles ganz anders darstellt und wir das Projektziel doch noch ohne Mehrkosten pünktlich erreichen."

Sekunden verstrichen und die Zeit schien sich lange quälend auszudehnen. Lisa lief es kalt den Rücken herunter. Sie starrte verkrampft auf ihre Mappe. Ihre Hände schwitzten und waren klebrig. „Warum antwortet er nicht, verdammt noch mal?", dachte sie. Es folgte ein stockendes Räuspern und Max Kappelmann begann wie ein pubertierender Teenager beim ersten Date loszustammeln. Seine Stimme war ungewohnt leise, frei von der übertriebenen Lockerheit und Arroganz, die er üblicherweise an den Tag legte. Da war sie, die ängstliche, fast bemitleidenswerte Seite, die sonst weder Untergebene noch Kollegen zu Gesicht bekamen. Wäre er sonst nicht so arrogant und asozial gewesen, hätte sich beinahe ein Gefühl von Mitgefühl einstellen können. Dieser Anflug von Empathie löste sich jedoch unverzüglich in Luft auf, als Lisa daran dachte, welche Folgen dieses Gespräch im Team haben würde. Um dem Frust ein Ventil zu geben, würde ihr Chef im Anschluss jeden Einzelnen in den Boden stampfen, vielleicht sogar ein Exempel statuieren, um

Stärke nach oben zu zeigen. Lisa sah sich schon als Bauernopfer. Immerhin erlebte sie ihren Chef gerade schwach und hilflos. Diese ihr nun bekannte Schwäche ihres Chefs könnte ihr gefährlich werden.

Fast wie ein kleiner Junge, der sich für ein Missgeschick entschuldigt, antwortete Max Kappelmann mit dünner Stimme: „Sie haben die Zahlen natürlich nicht falsch interpretiert."

Bevor er weitersprechen konnte, bellte Wagner: „Oh, danke! Dann bin ich ja beruhigt! Jetzt fühle ich mich schon viel besser, da Sie mir in Ihrer Weisheit bestätigt haben, dass ich doch Zahlen lesen kann. Unglaublich! Ich will eine Erklärung!"

Kappelmann fuhr fort: „Äh, so war das nicht gemeint. Die Zahlen haben auch mich überrascht. Nach dem letzten Reporting haben wir den Einsatz erhöht und bei den Zielvorgaben weiter aufgeholt."

„Haben Sie gerade gesagt, dass die Zahlen auch Sie überrascht haben?", unterbrach ihn Wagner mit verzerrtem Gesicht. „Kennen Sie Ihre eigenen Zahlen nicht, oder was?"

Kappelmann erkannte sofort den Fehler, den er durch seinen Kommentar gemacht hatte.

Wagner fuhr fort: „Es spielt für mich verdammt noch mal keine Rolle, ob Sie im regelmäßigen Reporting sind, in der Kantine Ihr Schnitzel essen oder zu Hause schwitzend auf Ihrer Frau liegen. Sie müssen Ihre Zahlen parat haben! Als ich Ihnen das Projekt übergeben habe, habe ich mein Vertrauen in Sie gesetzt! Wissen Sie eigentlich, was mein Vertrauen verdammt noch mal wert ist? Machen Sie Ihren Job und Ihrem Team Beine! Diese verschissene Faulheit ist inakzeptabel. Sie wissen, wie wichtig der Abschluss für unsere Zahlen ist. Wir haben den Investoren das Versprechen gegeben, das Projekt pünktlich und erfolgreich abzuschließen. Der Markt will es so und der Markt bekommt es so. Koste es, was es wolle!"

Sekunden einer gereizten Stille. Unerträglich. Kappelmann setzte erneut an, wurde jedoch von Wagner unterbrochen: „Und wer ist sie?" Sein Blick richtete sich auf Lisa und durchbohrte sie förmlich. Lisa fühlte sich verloren. Wo verdammt noch mal war das legendäre Loch im Boden, in dem man schnell verschwinden konnte?

Kappelmann antwortete knapp: „Das ist Frau Burger aus meinem Projektteam."

„Kann sie auch selbst sprechen oder ist sie nur Statist?"

Lisa schreckte auf und stotterte: „Natürlich, Herr Wagner. Mein Name ist Lisa Burger und ich arbeite im Team von Herrn Kappelmann." Sie fühlte sich wie eine Grundschülerin, die sich gerade vor der ganzen Klasse blamierte.

„Ach, das hätte ich ja jetzt nicht gedacht", blökte Wagner und wurde lauter: „Natürlich ist sie aus Ihrem Team, Kappelmann. Aber warum ist sie hier?"

Kappelmann erwiderte zögerlich: „Frau Burger unterstützt mich. Sie erfasst die Zahlen, organisiert den Projektablauf und führt Gespräche mit den Team Leads."

Erneut Sekunden der Stille. „Bitte was?" Wagner schien fassungslos zu sein. Nun bekam es Lisa mit der Angst zu tun. Wo war sie hier nur reingeraten? Sie wollte weg. Ganz weit weg. Der Typ hasste sie offenbar. Ihre Gedanken überschlugen sich.

„Sie macht also Ihren Job, Kappelmann?" Wagner durchbohrte Lisas Chef mit einem vernichtenden Blick.

„Äh, nein. Natürlich nicht. Sie trägt nur die Sachen zusammen. Die neuen aktuellen Zahlen hätte sie mir wohl eher geben müssen, dann wäre ich besser vorbereitet gewesen."

Schweigen. Keiner sagte etwas. Wagner senkte den Blick. Ein Schnaufen war zu hören und sein Kopf hob sich wieder. Sein Tonfall änderte sich. Subtil bedrohlich, ruhiger mit irritiertem Unterton wandte er sich Lisa zu: „Frau Burger, richtig?"

Lisa nickte.

„Können Sie mir die aktuellen Zahlen darstellen und das Delta zum Forecast erläutern?"

„Ja, natürlich, Herr Wagner", stammelte Lisa. Angsterfüllt führte sie die aktuellen Zahlen im Verhältnis zum Forecast auf und blickte zwischendurch in ihre Unterlagen.

„Wie kommt das Delta im Workstream 3 zustande?", fragte Wagner, den Blick prüfend auf Lisa gerichtet. Kappelmann holte Luft, aber bevor ein Ton seine Lippen verlassen konnte, hob Herr Wagner seine Hand und sagte harsch: „Frau Burger redet, nicht Sie!"

Kappelmann schwieg und blickte betreten zu Boden. Lisa stockte. Sie hatte Angst und zugleich das unbehagliche Gefühl, ihren Chef möglicherweise schlecht aussehen zu lassen. Aber warum eigentlich? Sie wusste es nicht. Sie fuhr fort: „Das Projektteam hat in KW 12 diese Meilensteine nicht erreicht, auch wenn das so geplant war." Sie reichte Wagner ein Blatt aus ihrer Mappe. Kappelmann sah genervt zur Decke.

„Das ist mir auch klar", erwiderte Herr Wagner in einem wieder etwas schärferen Ton. „Ich will wissen, warum das passiert ist! Lesen kann ich selbst. Ich will die Wahrheit hören. Unverblümt. Ohne eine klare Ansage und transparente Daten kann ich keine Entscheidung treffen. Nur ein Tipp nebenbei: Fabrizieren Sie nicht so ein Altweibergewäsch wie Ihr Chef, sondern reden Sie Tacheles! Ansonsten waren Sie das letzte Mal hier!"

Lisa schluckte und warf einen kurzen Blick zu ihrem Chef. Was sollte sie tun? Auch wenn Kappelmann ein eitler Schaumschläger war, widerstrebte es ihr, ihn vorzuführen. Das würde er ihr nie verzeihen.

Aber hatte sie eine Wahl? Sie könnte höchstens mit anderen Worten wiederholen, was er gesagt hatte. Wagner sah sie scharf an. Sie musste antworten, und zwar schnell. Dann redete sie, ohne groß nachzudenken. Die Daten, Fakten und die Informationen sprudelten förmlich aus ihr heraus. Über die schlechte Planung. Die mangelnde Motivation einiger Team Leads. Die bürokratische Ressourcenbeschaffung, die den Projektablauf ständig hemmte. Sie erschrak innerlich darüber, wie offen sie über die mangelnde Unterstützung der mittleren Führungsebene und die überambitionierte Zielsetzung sprechen konnte. Der ganze Druck, der Frust der letzten Wochen und Monate brach aus ihr heraus. Ausgerechnet jetzt – in diesem Meeting. Aber nun war alles egal. Wie zu Eis erstarrt, blickte Kappelmann sie von der Seite an. Sein Blick war voller Verachtung.

Wagner schwieg, bis sie ihren Monolog beendet hatte. Für einige Sekunden war es still. Lisa hatte das Gefühl, sich übergeben zu müssen. Das war mit Sicherheit der falsche Ort dafür. Das konnte sie später noch machen. Sie sah zu Boden und atmete tief durch.

Wagners stechender Blick ruhte immer noch auf ihr. „Wie alt sind Sie?", fragte er dann im ruhigen Ton.

„26", antwortete Lisa.

„Wie lange sind Sie schon in dieser Firma?"

„Zwei Jahre", antwortete Lisa kleinlaut.

„Gut, Sie können jetzt gehen", sagte Wagner. Beide standen auf. „Sie nicht!", sagte Wagner zu Kappelmann. Lisa verließ stumm den Raum und schloss die Tür hinter sich. Wortlos ging sie an der Assistentin vorbei, die für einen Moment desinteressiert ihren Kopf hob. Tränen liefen über Lisas Wangen. Sie eilte zum Fahrstuhl. Ihr war immer noch übel. Oh Gott, was habe ich getan, dachte sie. Das war das Ende!

Zwei Stunden später lief Kappelmann an ihrem Büro vorbei und warf ihr einen bösen Blick zu. Sie folgte ihm, aber die Tür war geschlossen. Und das hieß unmissverständlich: Draußen bleiben! Durch die Scheibe konnte sie sehen, wie er mit ernster Miene telefonierte. Sie arbeitete weiter, konnte sich aber nicht wirklich konzentrieren.

Plötzlich stand Kappelmann in der Tür. „Kommen Sie mit." Er drehte sich um und ging schweigend den

Flur herunter. Lisa folgte ihm. Sie wollte etwas sagen, doch Kappelmann machte eine harsche, ablehnende Geste mit seiner rechten Hand. Jeder Schritt über den Gang fühlte sich beschwerlich an. Nach ein paar Metern hatten sie den Flur der Personalabteilung erreicht. Das war es also. Ihr letzter Tag in der Firma. Aber sie war ja selbst schuld.

Kappelmann betrat einen Meetingraum. Lisa folgte ihm. Im Raum saßen zwei Personen. Der direkte Vorgesetzte von Kappelmann, der Bereichsleiter, und eine weitere Person, die sie nicht kannte. Sie begrüßten sich kurz und setzten sich. Der Bereichsleiter kam direkt zur Sache. „Dieser Termin kommt etwas überraschend und ich will nicht groß um den heißen Brei herumreden. Max, wir haben ja bereits darüber gesprochen. Frau Burger?"

„Ja", stammelte Lisa kleinlaut.

„Ich weiß nicht genau, was heute Morgen in dem Termin mit Herrn Wagner passiert ist, aber die daraus resultierende Entscheidung fällt mir offen gesagt nicht leicht und irritiert mich etwas."

Lisa stockte der Atem.

Er sprach weiter: „Doch so was passiert eben manchmal. Sei es drum. Das ist Herr Schmitz aus dem Controlling. Er ist schon lange dabei und weiß, wie alles hier läuft. Ein alter Hase im Unternehmen. Sie beide werden als Tandem das Projekt ‚Rising Star' leiten. Ich betone, dass Sie beide dabei auf ausdrücklichen Wunsch diese Aufgabe gleichwertig auf Augenhöhe erfüllen. Wunsch ist dabei stark untertrieben. Weisung passt wohl besser. Wie ich gehört habe, sind Sie ja bestens mit den Projektdetails vertraut, Frau Burger. Herr Schmitz kennt das Projekt auch. Sie beide führen das Projektmanagement und werden an den CEO berichten. Stimmen Sie sich bitte jetzt ab, wie Sie weiter vorgehen wollen. Scheinbar haben Sie den richtigen Nerv getroffen, Frau Burger. Herzlichen Glückwunsch."

Verwirrt blickte Lisa in die Runde.

Schmitz nickte ihr freundlich zu. „Max, wir gehen jetzt und regeln den Rest." Der Bereichsleiter stand auf und Kappelmann folgte ihm mit verbitterter Miene. Er vermied es, Lisa anzusehen.

„Ich weiß nicht, was ich sagen soll", sagte Lisa zu Schmitz. „Damit habe ich nicht gerechnet. Als ich auf den Flur der Personalabteilung kam, dachte ich schon, dass …", sie stockte und musste tief Luft holen.

„Alles gut", sagte Herr Schmitz und lächelte. „Es war einfach kein anderer Meetingraum mehr frei."

Julia

Kühle, frische Luft strömte in ihre Lungen. Sie nahm einen tiefen Atemzug und spürte, wie der Sauerstoff ihren Körper belebte. Ein leichtes Kribbeln durchzog ihre Gliedmaßen. Ihre Beine waren noch müde und träge vom Vortag und ihre Muskeln schmerzten. Der Schmerz war jedoch nicht unangenehm, sondern fühlte sich wie eine Belohnung für die bisher geleistete Arbeit an. Eine Portion Stolz linderte das körperliche Gefühl der Erschöpfung. Julia zog ihre Jacke fest zu, richtete ihren Rucksack und lief los. Die Sonne ging über den Bergspitzen am Horizont auf und kündigte einen schönen Tag an. Das war jetzt ihre Bühne, ihre Zeit, wenn auch ohne Publikum. Nur sie allein konnte das tun, was getan werden musste.

Der Ausblick war atemberaubend schön. Die Sonnenstrahlen kletterten langsam über die fernen Berggipfel und ergossen sich nach und nach ins Tal. Der dunstige Nebel, der sich zwischen den Nadelbäumen festklammerte, hielt sich noch an den schattigen Flecken, wurde jedoch vom hereinbrechenden Licht langsam verscheucht. Fasziniert von der Landschaft und den Eindrücken, folgte Julia dem Weg.

Schritt für Schritt ging sie den steinigen Weg hinauf, der sie in wiederkehrenden Halbkreisen immer höher führte. Ihr Gang fiel in eine stapfende Routine ein, nach der man ein Metronom hätte stellen können. Den Blick vor sich auf den Weg gerichtet, bewegte sie sich wie durch eine unsichtbare Hand angeschoben mechanisch weiter. Sie spürte den ersten Schweiß auf ihrer Haut. Julias schmerzender Rücken schien gegen das letzte Nachtlager zu rebellieren. Doch die Bewegung und Wärme würden den Schmerz in den nächsten Minuten lindern.

Am Vorabend war sie nach einer kleinen, jedoch deftigen Mahlzeit erschöpft in ihrem Schlafsack eingeschlafen. Die neue Umgebung in der Berghütte hatte sie nach wenigen Sekunden nur noch schemenhaft registriert. Knarzende Geräusche und der Geruch von altem Holz hatten sie in den Schlaf begleitet. Die nächtlichen Geräusche der anderen Wanderer in der Berghütte durchdrangen ihre Träume nur noch dumpf wie Nebelschleier. Wieder und wieder schreckte sie kurz hoch, schlief aber direkt wieder ein.

Der Anstieg zur Hütte am Vortag war hart gewesen. Sie hatte sich bis zur völligen Erschöpfung den Weg zur ersten Station der Reise hochgekämpft. Für Julia eine Premiere. Mit ihrer neuen Ausrüstung sah sie wie ein klassischer Anfänger aus. Alles fühlte sich fremd an. Die neue Sportkleidung, die ungewohnte Anstrengung, der fehlende Komfort und diese neue Umgebung, die sie beunruhigte und zugleich so faszinierend schön war. Das ambitionierte Lauftraining der letzten Wochen war vermutlich eine Hilfe gewesen, doch diese Herausforderung war anders.

Die Landschaft durchdrang sie innerlich und löste so etwas wie ein lang ersehntes, unbewusstes Heimatgefühl in ihr aus. Ein Gefühlschaos der Unsicherheit, Befriedigung und Zuversicht flößte ihr einerseits Respekt ein, weckten aber auch eine nie gekannte Motivation in ihr.

Am ersten Tag hatte sich ihre Route vom Parkplatz aus durch stark frequentierte Wanderwege nach oben geschlängelt. Je weiter Julia ging, desto weniger Wanderer begegneten ihr. Der dichte, grüne Wald schluckte die Geräusche wie eine schwere Decke. Eine angenehme Stille, die nur durch das Singen der Vögel, gelegentliches Rauschen der Bäume und das angestrengte eigne Atmen begleitet wurden, nahmen für sie beim Laufen eine bewusste Präsenz ein. Sie fühlte sich von einer inneren Ruhe erfüllt.

Mit der Zeit wurden die Wälder lichter. Es waren mehr Felsen zu sehen und der Blick auf die in der Ferne liegende Bergspitze tat sich vor ihr auf. Wie sollte sie das schaffen? Erste Zweifel kamen in ihr hoch. Sie spürte die Erschöpfung, jedoch auch den inneren Drang, weiterzugehen. Schritt für Schritt, Atemzug für Atemzug. Der Wald hatte ihr zuvor nur einen begrenzten Blick nach vorn gegeben, doch der Blick auf den Berg erfüllte sie in Anbetracht der nahenden Anstrengung mit Angst. Doch sie musste es schaffen. Einige Stunden später war sie nur noch von Felsen und Wiesen umgeben. Die Pausen häuften sich und gierig trank sie die Reste ihres Wasservorrats. Die Sonne neigte sich, was ein Gefühl der Unruhe bei ihr auslöste. Sie musste sich beeilen und es rechtzeitig bis zu ihrer Unterkunft schaffen. Nachdem sie eine weitere Biegung hinter sich gelassen hatte, tauchte endlich die Berghütte vor ihr auf. Eine hungrige Vorfreude trieb sie die letzten Meter an.

Die Hütte war urig und schön. Einige Wanderer saßen mit einem Bier vor ihr und genossen die letzten Sonnenstrahlen. Drinnen herrschte ein reges Treiben. Julia fragte sich, wo all die Menschen herkamen. Ihr Weg war meistens einsam verlaufen. Ihr Nachtlager überraschte sie – obwohl sie sich innerlich darauf vorbereitet hatte. Spartanisch, ohne jede Privatsphäre, aber auch abenteuerlich. Die Erschöpfung und der Hunger ließen aber sowieso keine tiefgründigen Gedankengänge mehr zu.

Gierig verschlang sie ihre Mahlzeit. Nach einem Bier überkam sie eine bleierne Müdigkeit. Sie ging als eine der ersten zu ihrem Lager und schlief direkt ein.

Das Rumoren und die Geräusche geschäftigen Zusammenpackens weckten sie in aller Frühe. Als sie sich aufrichtete, hatte sie das Gefühl, als ob ihre Beine und ihr Rücken mit schweren Gewichten belegt wären. Unter Schmerzen kämpfte sie sich aus dem Bett. Die Aussicht auf ein Frühstück gab ihr die nötige Kraft.

Die Anstrengung des ersten Tages, der schmerzende Körper und die Gewissheit weiterer Strapazen wurden jedoch auch durch ein Gefühl von starker

Motivation begleitet. Julia konnte immer noch nicht glauben, was sie hier tat und was es in ihr auslöste. Vor zwei Monaten noch wäre diese Aktion für sie undenkbar gewesen.

So ging der Weg am zweiten Tag weiter, wie er am ersten Tag geendet hatte. Der Anstieg wurde steiler. Das Geröll auf dem Pfad erforderte ihre volle Aufmerksamkeit. Sie war vollkommen auf den Weg vor sich fokussiert und die Welt um sie herum schien zu verschwimmen. Schritt für Schritt ging sie bedächtig weiter. Der Weg schlängelte sich durch Geröll und Wiesen schlangenförmig dem Berggipfel entgegen. Julia erreichte ein kleines Plateau, nahm den Rucksack ab und setzte sich auf den Boden. Sie trank einige Schluck Wasser und genoss den beeindruckenden Blick über das Tal. Trotz des schweren Aufstiegs und der sportlichen Herausforderung war sie innerlich ruhig. Sie sah hinab. Unglaublich, was sie bisher schon geschafft hatte. Unerfahren, relativ unsportlich und mit wenig Vorbereitung. Und sie war allein. Das war selten der Fall. Sie schloss für einen Moment die Augen und genoss die Ruhe. Schritte ließen sie hochschrecken. „Servus", rief ihr ein älterer Herr fröhlich zu, der den Bergpfad von oben flink und wendig hinablief. Er nickte ihr lächelnd zu und verschwand leichtfüßig um die Ecke. Beindruckend. „Und ich, halb so alt, quäle mich hier stümperhaft hoch", dachte Julia schmunzelnd.

Sie ging weiter. Stunde um Stunde kam sie ihrem Ziel näher. Die Landschaft wurde immer karger. Bäume gab es hier schon lange nicht mehr. Sie blickte auf ihre Karte und stellte fest, dass sie inzwischen mehr als die Hälfte ihres zweiten Wegabschnittes geschafft hatte. Der Weg war nun an besonders steilen Stellen teilweise durch Seile gesichert. Nervosität machte sich in ihr breit. Mit zitternden Knien zwang sie sich langsam an den steilen Stellen voran. Immer wieder blieb sie aus Vorsicht und vor Erschöpfung stehen. Es war nicht mehr weit bis zum Ziel. Sie machte Rast, sobald es eine Gelegenheit zum Sitzen gab. Die Pausen wurden länger. Ihre Kleidung war nass vor Schweiß und ihr Kopf rot vor Anstrengung. Doch sie musste weiter, sie musste es schaffen. Das Versprechen zu brechen, war keine Option. Sie raffte sich immer wieder auf, lehnte sich keuchend an Felswände und zwang sich weiter.

Der Weg wurde immer mehr zur Qual. Immer lauter werdende Zweifel trommelten voller Protest auf ihre Willensstärke ein. Julia blieb standhaft. Sie musste widerstehen. Ihr Tempo wurde langsamer, doch sie lief weiter.

Dann sah sie ihr Ziel. Sie blieb stehen und kontrollierte die Karte und ihren Standort. Das war es. Das musste es sein. Der Berggipfel lag vor ihr. Der Blick auf das Ziel spornte sie an und setzte ungeahnte Kräfte in ihr frei. Der Schmerz wich dem ersehnten Glücksgefühl. Der letzte Abschnitt. Teilweise stützte sie sich auf den letzten Metern mit den Händen am Boden ab. Geröll rutschte unter ihren Füßen und Händen. Sie strauchelte oft, raffte sich aber jedes Mal wieder auf.

Dann war es so weit. Sie war angekommen. Erschöpft sackte sie zu Boden und trank gierig aus ihrer Flasche. Die Mittagssonne brannte auf sie herab. Sie atmete schwer, ihr Gesicht war vor Erschöpfung rotweiß gefleckt. Glückshormone durchströmten sie. So blieb sie minutenlang sitzen. Lächelnd. Ihr Atem wurde ruhiger. Die Eindrücke der Umgebung traten nun bewusster hervor.

Julia sah sich um. Nun begriff sie es. Der Ausblick traf sie wie ein Schlag. Sie lachte vor Glück in sich hinein und sog die frische kühle Luft tief in ihre Lungen. Ihr Körper kribbelte wohltuend. Innerlich vollkommen friedvoll mit einem Gefühl der Geborgenheit saß sie dort und blickte in die Ferne. Es berauschte sie. Noch nie hatte sie sich so frei gefühlt. Weitere Minuten vergingen. Fasziniert verharrte Julia auf der Bergspitze. Eine leichte Brise umwehte sie. Sie war angekommen.

Ein ernster und konzentrierter Blick verdrängte ihr Lächeln. Der entspannte Ausdruck auf dem Gesicht verschwand. Es war nun an der Zeit. Sie öffnete vorsichtig den Rucksack und nahm sie heraus. Schwer lag sie in ihren Händen. Sie wiegte sie leicht hin und her. Sie fühlte sich kühl an, irgendwie fremd, doch auch verbindend nah. Julia wendete die Urne leicht mit beiden Händen und betrachtete traurig die schlicht verzierte Oberfläche. Tränen schossen ihr in die Augen. „Du bist nun an deinem Ziel", sagte sie leise. „Jetzt verstehe ich, warum du wolltest, dass ich dich hierherbringe." Sie schwieg eine Weile. Dann flüsterte sie: „Es tut mir leid. Ich habe es damals nicht verstanden. Aber jetzt verstehe ich es. Ich würde gerne die Zeit zurückdrehen. Ich habe so viel kostbare Zeit vergeudet. Immer beschäftigt, aufgezehrt und gehetzt. Alles schien immer so unfassbar wichtig. Nach außen hin zumindest. In Wahrheit haben mich nur Belanglosigkeiten angetrieben. Dieser ständige Schwachsinn ist zu einem Gift geworden, das sich in mich reingefressen hat. Wo ist unsere Zeit nur hin? Ich vermisse dich so sehr. Das war mir nie so bewusst wie heute. Verzeih mir bitte."

Drei Monate zuvor hatte Julia an ihrem Bett gesessen. Ein beißender Geruch von Reinigungs- und Desinfektionsmitteln lag in der Luft. Das Patientenzimmer wirkte kalt und steril. Ihre Mutter war bleich, die Wangen eingefallen, ihr Atem flach. Die Krankheit hatte sich in ihr Leben geschlichen und durch den Körper gefressen, ein brillant funktionierendes System Stück für Stück zerstört. Nur ein Hauch von Leben war noch übrig, gehalten von einem letzten Funken Willens- und Lebenskraft.

Ihre Mutter drehte sich zu Julia. „Du musst mir einen letzten Gefallen tun. Einen letzten …", sagte sie langsam und leise.

„Natürlich", flüsterte Julia.

„In der Schublade ist ein Umschlag. Nimm ihn bitte an dich. Dort steht alles, was du wissen musst. Du kannst es später lesen. Du wirst den Wunsch erst nicht verstehen. Aber später wirst du es erkennen. Wir waren uns nicht immer einig und hatten oft unterschiedliche Vorstellungen davon, wie etwas funktioniert oder wie etwas laufen soll. Aber ich habe dich, so wie du bist, zusammen mit deinem Vater erschaffen. Dein starker Wille und Wunsch nach Unabhängigkeit ist auch mein Werk. Ich habe dich immer geliebt, egal was passiert ist, und ich bin unendlich stolz auf dich. Bitte erfülle mir meinen letzten Wunsch. Es hat mit einem Ort zu tun, an dem ich mich immer frei und glücklich gefühlt habe." Ihre Mutter lächelte müde.

„Natürlich, ich erfülle dir deinen Wunsch. Ich verspreche es dir", sagte Julia schluchzend, „ich liebe dich auch."

Ihre Mutter schloss für einen Moment die Augen. Dann öffneten sie sie wieder. Sie drehte den Kopf zu ihrer Tochter und ihr sanftes Lächeln wurde starr. Das Leben wich aus ihrem Gesicht.

Die Urne in den Händen haltend richtete sich Julia auf. Sie zitterte und blickte sich um. Es war niemand zu sehen. Nur der Blick auf die tiefen Täler und Berggipfel in der Ferne umgab sie, eingefangen durch einen tiefblauen Himmel. Vorsichtig öffnete sie den Deckel der Urne. „Ich liebe dich", flüsterte sie und drehte die Urne langsam zur Seite. Ein leichter Windstoß nahm den Inhalt mit sich, der sich langsam seinen Weg aus dem Gefäß bahnte. Sanft vermischte sich die Asche mit der Bergluft und verschwand mit einem sanften Geräusch in der Luft. Nach einer Weile verschloss Julia die Urne und blickte auf den Horizont. Sie wischte sich die Tränen aus dem Gesicht, verstaute das Gefäß und begann den Abstieg.

Sophie

Die Strahlen der Nachmittagssonne krochen durch die Spalten der Jalousien und bahnten sich ihren Weg durch die trockene Zimmerluft. Winzige Staubpartikel tanzten in den schmalen, sonnengefluteten Korridoren. Im Wohnzimmer standen ein Tisch mit vier Stühlen, eine helle Schrankwand und ein beiges Sofa mit passenden Sesseln. Im schwachen Licht wirkten sie arrangiert und neuwertig und ein Bild hiervon hätte in einen Möbelhauskatalog gepasst.

Moderne Bilder und Schwarz-Weiß-Fotografien hingen an der Wand, rückten aber durch den schattenerfüllten Raum in den Hintergrund. Die Kunst an den Wänden lockerte die Spießigkeit der Einrichtung etwas auf, doch die lieblos geordnete Aufstellung der Möbel vernichtete diesen Anflug von moderner Gemütlichkeit. Eine Einladung zur Langeweile.

Sophie saß auf dem Sofa, den Oberkörper leicht nach vorne gebeugt. Sie stützte ihre Ellenbogen auf den Knien ab und vergrub die Hände in ihrem Haar, das zu einem Pferdeschwanz zusammengebunden war. Ihre schlanke und sportliche Figur wurde durch einen etwas zu großen Trainingsanzug verborgen.

Sophie war jung, doch die Erschöpfung ließ sie Jahre älter aussehen. Die letzten Tage hatten sie hart gezeichnet.

Immer wieder rieb sie sich Stirn und Schläfen. Falten durchzogen ihr Gesicht, die Mundwinkel in Verbitterung zusammengepresst. Ihr klarer Blick war nach vorne auf den Boden gerichtet. Wie hatte es nur so weit kommen können? Wie hatte ihr so etwas nur passieren können? Seit Tagen hatte Sophie die Wohnung nicht mehr verlassen, hatte sich schleichend durch die Zimmer bewegt – aufmerksam jedes Geräusch registriert. Sie vermied es, Lampen anzuschalten.

Das Tageslicht bestimmte ihren Tagesablauf, ihren Wachzustand und ihren unruhigen Schlaf, soweit dieser stattfand. Am Vorabend hatte sie Pizza bestellt, da ihr Kühlschrank und die Vorräte nicht mehr viel hergaben. Ihre Nachbarin gab die Bestellung auf ihr Bitten für sie auf und nahm das Essen für sie entgegen. Sophie hatte ihr die Geschichte nur bruchstückhaft erzählt, einen Teil der Wahrheit verschwiegen und einen Teil dazugelogen. Sie empfand Scham und Angst, aber auch Dankbarkeit für die Unterstützung.

Sie brauchte einen Ausweg. So konnte es nicht mehr weitergehen. Sie konnte sich nicht ewig verkriechen.

Sophie stand auf, ging zum Fenster und schaute durch die Schlitze der Jalousie auf die Straße. Sie konnte nichts erkennen. Hatte sie es sich am Ende doch nur eingebildet? War sie paranoid? Übertrieben panisch? Sie fasste sich an die rechte Wange, drückte und spürte immer noch einen leicht-dumpfen Schmerz. Nein, das war keine Einbildung. Ein Schaudern durchfuhr sie.

Eine Woche zuvor war ihre Welt noch in Ordnung gewesen. Aber was hieß schon in Ordnung – sie hatte einen passablen Job, eine gute Beziehung und blickte einigermaßen optimistisch in die Zukunft. Aus ihrer Sicht langweilig schön. Spießig, unaufgeregt, planbar. Ihr gefiel es so. Es entsprach ihrem Naturell. Für andere das Vestibül der Hölle, für sie das Gefühl von Sicherheit und Frieden.

Dann war der Brief gekommen. Sie hatte gerade im Büro gesessen. Nach der Mittagspause hatte er mit der anderen Post auf ihrem Tisch gelegen. Adressiert an ihren Arbeitgeber und an sie persönlich mit einem Vertraulichkeitsvermerk versehen. Kein Absender.

Neugierig hatte sie ihn geöffnet. Beim Lesen war sie erstarrt und hatte alles andere um sich herum ausgeblendet. Sie war hochgeschreckt, als eine Kollegin sie fragte, ob alles in Ordnung sei. Sie wäre beim Lesen bleich geworden. Ja, ja, hatte sie gestottert, den Brief in ihre Tasche gestopft und war auf die Toilette gelaufen. Sie hatte ihr Spiegelbild angestarrt und nach Luft gerungen.

Später rief sie ihre Freundin an und erzählte ihr davon. Sie trafen sich nach der Arbeit im angrenzenden Park. Janina, ihre Freundin, las den Brief und sah sie fassungslos an. „Ist das echt?"

„Ich weiß es nicht", entgegnete Sophie. Sie diskutierten und spekulierten. Janina schlug vor, die Polizei zu rufen. Sophie lehnte ab. Was sollte sie denn sagen? Sie kannte den Absender nicht und konnte und wollte den Inhalt nicht wahrhaben. Vielleicht handelte es sich nur um einen schlechten Scherz. Janina versprach, ein bisschen zu recherchieren. „Und sprich ihn nicht darauf an. Lass uns erst versuchen, mehr herauszufinden."

Sophie nickte und die beiden verabschiedeten sich.

Am selben Abend besuchte Sophie Stefan in seiner Wohnung. Sie waren seit einem halben Jahr zusammen und sie war glücklich. Stefan sprach des Öfteren davon, zusammenzuziehen. Sie reagierte darauf ausweichend, wobei sie sich diese Reaktion selbst nicht erklären konnte. Wahrscheinlich war es ihr zu früh und passte einfach noch nicht. Ein Bauchgefühl. Mehr nicht. Er reagierte jedes Mal verärgert und machte ihr ein schlechtes Gewissen. Das ging schon eine Weile und ihr subtiler Widerstand bröckelte. Sie war dabei, nachzugeben.

Sie aßen zusammen. Sophie sagte nicht viel. Der Brief ging ihr nicht aus dem Kopf.

„Was ist los? Ist irgendwas im Büro passiert?"

„Nein, alles okay. Ich bin nur etwas müde." Sie aßen weiter und schwiegen.

Nach dem Essen hakte er nach und griff nach ihrer Hand. Sie zog sie zurück und wich nach hinten. Seine Gesichtszüge wurden hart und wirkten düster. „Du gehst mir aus dem Weg. Warum tust du das? Ich will sofort wissen, was los ist."

Sie blickte zur Seite und versuchte sich wegzudrehen, doch seine Präsenz entließ sie nicht aus der Situation.

„Ich dachte, du liebst mich? Wir hatten uns doch versprochen, immer offen und ehrlich zueinander zu sein. Ich halte mich daran und ich möchte, dass du das auch tust. Das ist unfair. Du kannst mich nicht so behandeln!"

Sein Tonfall war übertrieben fordernd, mit einem seichten Anklang von Wut. Er blickte sie verbissen an. Da waren sie, die Schuldgefühle. Sophie fühlte sich schlecht.

Er drehte sich um und verließ den Raum. Kurz darauf stand er wieder vor ihr, sah sie liebevoll an und nahm sie in den Arm.

„Du bist mir wichtig und ich bin auf deiner Seite, egal was passiert", flüsterte er. „Wenn du nicht reden möchtest, dann ist das okay", log er. „Lass dir Zeit. Aber bitte sei dir bewusst, dass du mir absolut vertrauen kannst. Denk daran, was wir alles schon in dieser kurzen Zeit gemeinsam Schönes erlebt haben und was wir noch vorhaben. Denk an unser Wochenende in Prag."

In Sophies Kopf fand ein Kampf statt. „Nein, sag es ihm nicht", flüsterte ihr eine innere Stimme zu. Sie fühlte sich unsicher und zerrissen.

Stefan nahm sie in den Arm und flüsterte: „Ich liebe dich. Ich bin für dich da. Nimm dir die Zeit, aber warte nicht zu lange. Ich mache mir Sorgen."

Die Szene wirkte bizarr. Seine Reaktion, sein Nachbohren wirkte übertrieben in dieser alltäglichen Situation, doch es traf genau ins Schwarze. Er war ein Profi in diesem Handwerk.

Sie fühlte sich schuldig und schlecht. Wie konnte sie aufgrund eines anonymen Briefs so herzlos sein und ihn so verletzen? Es passte doch so gut. Das konnte sie nicht riskieren. „Da kam heute so ein Brief", sagte sie, bevor ihr selbst klar war, was sie da gerade tat. Sie war in diesem Moment erstaunt, dass sie sich öffnete. Jetzt gab es kein Zurück mehr.

„Was für ein Brief?", fragte er, während er sie immer noch im Arm hielt.

„Er war in der Firmenpost, aber an mich persönlich gerichtet. Ist vermutlich eh Quatsch. Komm, lass uns das vergessen und aufs Sofa gehen."

„Zeig ihn mir doch", sagte Stefan. „Wenn es eh Quatsch ist, ist es doch egal."

„Äh, ich weiß gar nicht, ob ich den mithabe. Ich glaube, der ist noch im Büro in meiner Mappe", behauptete sie.

„Dann schau doch nach", entgegnete Stefan. In seiner Stimme lag eine subtile Schärfe.

Sophie wurde nervös.

„Was stand denn drin?"

„Ach, kann ich gar nicht so genau sagen. Irgendwie wirres Zeug. Betrifft meinen Job," log sie. „Vielleicht habe ich den auch schon weggeschmissen." Sie versuchte, möglichst entspannt zu klingen. „Ich schau mal eben nach, ob ich ihn dabeihab', und hole mir dann einen Kaffee. Möchtest du auch einen?"

„Klar", entgegnete er mit einem Lächeln.

Sophie ging Richtung Küche, blieb einem Moment bei ihrer Arbeitstasche stehen und blickte hinein. Sie wühlte in der Tasche und bewegte ein paar Blätter. Da steckte der Brief. Sie erschauerte unwillkürlich. Sie spürte seinen Blick. „Nee, hier ist nichts. Ist wohl noch im Büro. Ist auch egal", sagte sie beiläufig und ging weiter Richtung Küche. Der Brief blieb in der Tasche.

Die Maschine surrte. Sanftes Kaffeearoma stieg ihr in die Nase und Schwaden des heißen Kaffees tänzelten in der Tasse empor. Die übliche Vorfreude blieb jedoch aus. Sie war immer noch nervös. Sie kehrte mit zwei Tassen zurück ins Wohnzimmer.

Stefan stand mitten im Raum. Er hielt den Brief in seinen Händen und las. Sophie hätte vor Schreck fast die Tassen fallengelassen und verschütte etwas Kaffee. Bevor sie etwas sagen konnte, fuhr Stefan sie an: „Du hast gelogen! Das ist der Brief, oder nicht? Er war in deiner Tasche. Und du wusstest das!" Wütend sah er sie an und hob den Umschlag vorwurfsvoll in die Luft. Sophie nahm ihren Mut zusammen, trat auf Stefan zu und antwortete in einem für sie ungewohnt forschen Ton, der sie selbst überraschte: „Dann sag du mir doch, was das zu bedeuten hat? So was denkt sich doch keiner aus! Ich erwarte eine Erklärung!" In ihrer lauten Stimme lag Entschlossenheit.

Der kräftige Schlag kam so schnell, dass er sie völlig unvorbereitet traf. Die Kaffeetassen flogen durch das Wohnzimmer und zerbarsten am Parkettboden. Die Tassensplitter vermengten sich mit der der heißen, braunen Flüssigkeit. Sophie taumelte nach hinten und stürzte. Sie lag auf dem Boden und drehte sich zur Seite, hielt sich den Kopf und stöhnte vor Schmerz. Dann holte sie Luft, um zu schreien, doch Stefan stand bereits gebeugt über ihr und schlug ein zweites Mal zu. Benommen wimmerte sie vor sich hin.

„Du dreckige Schlampe!", brüllte Stefan. „Warum lügst du mich an? Und wage es nie wieder, so mit mir zu sprechen! So eine Scheiße!" Fluchend drehte er sich um und verließ den Raum.

Sophie lag noch einige Minuten am Boden. Dann raffte sie sich auf. Ihr Schädel dröhnte. „Oh mein Gott, es stimmt", schoss es ihr durch den Kopf. Sie blickte sich um. Wo lagen ihre Sachen? Sie musste weg von hier, und zwar schnell. Stefan kam ins Zimmer und direkt auf sie zu.

Sophie fing an zu weinen und hielt ihre Hände vors Gesicht. „Bitte tu mir nichts", schluchzte sie.

„Es tut mir so leid", sagte er und nahm sie in den Arm. Widerwillig ließ sie es zu. Sie zitterte vor Angst. „Du darfst mich eben nicht anlügen. Dann passiert so etwas auch nicht. Vermutlich war dir diese Regel nicht bewusst. Aber jetzt weißt du es ja." Sein ruhiger,

74

kalter Ton ließ sie erschaudern. „Wir sind ein tolles Team und wir schaffen das. Okay?" Er lächelte sie an und hielt sie dabei fest.

„Ja. Tut mir leid, dass ich dich angelogen habe. Das kommt nicht wieder vor", schluchzte sie. Sie hatte das Gefühl, wie eine Maschine zu funktionieren. ‚Du musst das hier jetzt durchstehen. Schütze dich. Spiel mit', hämmerte es in ihren Gedanken.

Stefan murmelte: „Gut, dann ist das ja geklärt", drehte sich um, nahm den Brief und ging in die Küche. Sophie sah, wie er ein Feuerzeug aus seiner Tasche zog und den Brief an einer Ecke anzündete. Die Flammen schlängelten sich an dem Papier hoch. Dann fing der Brief vollständig Feuer und Stefan ließ ihn in das Spülbecken fallen.

„Vergiss diesen Schwachsinn. Und das hier bleibt unter uns", sagte er ruhig.

„Natürlich", sagte Sophie kleinlaut. Stefan ging ins Wohnzimmer und schaltete den Fernseher ein. Sophie wankte ins Bad und erbrach sich.

Nachdem sie ihr Gesicht mit Eis gekühlt, die Folgen des Schlags so gut es ging überschminkt und die Scherben beseitigt hatte, nahm sie ihre Jacke und die Einkaufstasche und betrat das Wohnzimmer. „Ich gehe eben einkaufen. Hast du Lust auf Pizza?" Sie versuchte, so viel Freude und Normalität in ihre Stimme zu legen, wie es ihr möglich war. In ihren Ohren klang es jedoch eher nach einem unterdrückten Schluchzen mit einem Frosch im Hals. Panik stieg in ihr hoch.

Stefan blickte sie ein paar Sekunden prüfend an. Warum sagte er nichts? „Gute Idee. Pizza ist toll", sagte er schließlich. Sein Blick wanderte wieder zum Fernseher.

„Okay, bis gleich." Sie wandte sich zur Wohnungstür.

„Moment", kam es vom Sofa herüber. Sie zuckte zusammen, wollte rennen, aber ihre Beine versagten. „Bekomme ich keinen Abschiedskuss?" Seine Frage klang freudig und fordernd zugleich.

„Natürlich", sagte Sophie, ging zu ihm rüber und küsste ihn. Sie hätte vor Wut, Ekel und Angst schreien können, zwang sich jedoch zu einem Lächeln und verließ das Zimmer. Die Wohnungstür fiel mit einem Klacken hinter ihr ins Schloss. Mit wackeligen Beinen lief sie die Treppen hinunter und stützte sich dabei am Geländer ab. Die Haustür schwang auf und sie verließ das Haus. Sie zwang sich, ruhig zu gehen. Im Augenwinkel sah sie eine Bewegung auf dem Balkon. ‚Bleib ruhig. Geh ruhig weiter', zwang sie sich. Als sie die Straßenecke umrundet hatte, wurden ihre Schritte schneller. Sie begann zu rennen. Immer schneller und immer weiter. Tränenüberströmt.

In den Tagen darauf hatte sie ihr Handy nur zwischendurch mal eingeschaltet. Bei der Arbeit hatte sie sich krankgemeldet. Auf ihrem Handy befanden sich unzählige unbeantwortete Anrufe und Textnachrichten von Stefan. Von unterwürfigen Entschuldigungen und Liebesschwüren bis zu abartigen Bedrohungen war alles dabei. Ein Nachrichten-Bombardement.

Diese horrorhafte Kaskade versetzte sie zunehmend in Panik. Er hatte mehrfach Sturm geklingelt und sich sogar bis zu ihrer Wohnungstür durchgekämpft. Sie hatte sich zitternd in ihrem Schlafzimmer versteckt, alle Lichter ausgeschaltet und es so aussehen lassen, als ob sie nicht da sei. Als er am zweiten Tag gegen ihre Wohnungstür getreten hatte, riefen die Nachbarn die Polizei. Er konnte jedoch verschwinden, bevor sie ihm zu nahekommen konnten.

Als die Polizei bei ihr klingelte, hatte sie ihr ebenfalls nicht geöffnet. Unglaubliche Scham hatte sie überkommen. Ihre Freundin Janina drängte sie am Telefon dazu, zur Polizei zu gehen. Sie hatte sich jedoch nicht aus dem Haus getraut. Janina kontaktierte schließlich die Polizei, die zu Sophie in die Wohnung kam. Janina war auch dabei. Sophie schilderte den Vorfall und erstattete auf Janinas Drängen eine Strafanzeige. Die Polizisten wirkten desinteressiert, was sie frustrierte. Und das sollte es jetzt gewesen sein?

Sie verharrte weiter in ihrer Wohnung. Zurückgezogen und versteckt. Sie wollte niemanden sehen. Aber das war sie doch nicht. Das passte nicht zu ihr. Sophie verachtete sich für ihr eigenes Verhalten.

„Ich bin doch kein Opfer!", sagte sie sich. Sie musste raus aus dieser Situation. Am fünften Tag ließ sie ihr Handy länger eingeschaltet. Stefans letzte Kontaktversuche waren über einen Tag her. Janina kündigte an, sie abzuholen. Das gab ihr Mut. Sie blickte in den Spiegel und versuchte sich an einem Lächeln. „Okay. Neuanfang. Schließen wir das ab."

Janina rief an. „Ich finde keinen Parkplatz und stehe vor dem Haus. Kommst du runter?"

„Äh, okay", antwortete Sophie zögerlich.

„Ich stehe direkt mit meinem Auto vor der Tür", sagte Janina. „Ich stehe in zweiter Reihe und hier ist niemand zu sehen."

„Also gut, bis gleich." Sophie nahm ihre Jacke, schloss ihre Haustür auf, betrat den Hausflur und schrie.

Stefan stand vor ihr, packte sie mit einer Hand am Hals und schob sie mit der anderen zurück in die Wohnung. Mit festem Griff um ihre Kehle unterdrückte er ihren Schrei. Stefan trat mit dem Fuß die Tür zu und stieß Sophie in den nächsten Raum, sodass sie stürzte.

Er legte den innen liegenden Türriegel vor und stürmte auf sie zu. Für einen Moment war sie frei. Sie schrie um Hilfe, doch hatte nicht lange Zeit dafür.

Stefan erreichte sie mit schnellen Schritten und ihr Schrei erstarb unter seinen gezielte Schlägen. Sie versuchte sich aufzuraffen und zurückzuschlagen, zu kratzen und an ihm zu reißen. Ihre Versuche, sich mit letzter Kraft von ihm zu lösen, scheiterten. Er war stärker und seine brutale Wut steigerte die Wucht seines Angriffs.

„Jetzt mache ich dich kalt, du Dreckstück. Die Polizei wird dir jetzt auch nicht mehr helfen!" Seine Stimme klang hasserfüllt. Wieder schlug er ihr mit der Faust ins Gesicht und dann in den Magen. Sophie röchelte schmerzerfüllt und Blut floss über ihr Gesicht. Er stand breitbeinig über ihr und sah voller Hass auf sie herab.

Sie versuchte etwas zu sagen, sie wollte ihm sagen, wie jämmerlich er war, ihre Verzweiflung herausschreien, doch es kam nur ein Stottern hervor.

Dann kniete er sich zu ihr herab. „Und jetzt hole ich mir, was mir zusteht", sagte er höhnisch. Seine Stimme klang dabei übermütig und schrill. Er zerrte an ihrer Bluse und riss den Knopf ihrer Hose ab. Benommen vor Schmerz fühlte Sophie eine lähmende Resignation und der Gedanke an ihr baldiges Ende durchfuhr sie. Doch als Stefan weiter an ihr zerrte und ein Hosenbein an der Naht aufriss, loderte unbändige Wut, ein letzter Funke von Überlebenswillen in ihr auf.

Sie zog das andere Bein an und trat so fest sie konnte zwischen Stefans Beine. Sie setzte all ihre Verzweiflung und letzte Kraft in diesen Tritt. Stöhnend brach er zusammen und fiel zur Seite. Sophie kroch auf allen vieren in Richtung Küche, versuchte erfolglos aufzustehen. Stöhnend rutschte sie weiter, getrieben von Todesangst und ihrem Überlebenswillen. Als sie die Küche erreichte, hörte sie Stefan im Nebenzimmer fluchen. Sophie zog sich am Tisch hoch. Ihr Körper brannte vor Schmerz. Gerade als sie sich aufstützte, traf sie von hinten ein heftiger Schlag. Sie wurde nach vorne geschleudert, die Holzplatte zerbrach unter ihr und sie stürzte mit dem Geschirr, das auf dem Tisch gestanden hatte, zu Boden.

„Dann mache ich dich eben vorher kalt", stöhnte Stefan, riss Sophie herum und legte seine Hände um ihren Hals. Dann drückte er zu. Sophie wollte schreien, brachte aber keinen Ton heraus. Verzweifelt versuchte sie ihn mit letzter Kraft wegzudrücken und strampelte mit den Beinen. Sie spürte einen ungeheuren Schmerz im Hals und ihr Kopf schien zu platzen. Sie schlug auf ihn ein, doch ihre verbliebene Kraft ließ keine wirksame Gegenwehr mehr zu. In Sekundenbruchteilen wurde ihr klar, dass das ihr Ende war. Dann fühlte sie unter ihrer Hand einen Gegenstand und griff zu. Es war der Teil eines zerbrochenen

Porzellantellers. Mit letzter Kraft stieß sie das abgebrochene Stück Porzellan in Stefans Seite. Er schrie auf und sein Griff lockerte sich. Sophie stieß erneut zu, nun fester und die Scherbe blieb in Stefans Seite stecken. Stefan brüllte und versuchte ihre Hände zu ergreifen und sich gleichzeitig an die verletzte Seite zu fassen. Für Sekunden vollführten beide ein wildes Handgemenge. Sophie wehrte ihn ab und schöpfte neuen Mut. Sie zog die Scherbe, die immer noch in Stefans Seite steckte, mit voller Kraft in ihre Richtung. Das Blut schoss mit einem Schwall aus seiner Körperseite. Stefan stieß sich nach hinten und stürzte zu Boden. Unter ihm färbten sich die Fliesen rot und der dunkle Kreis unter ihm wurde immer größer. Nun schrie er nicht mehr, sondern starrte röchelnd zur Zimmerdecke. Sophie lag auf den Trümmern des Küchentisches und rang nach Luft – die blutige Scherbe neben sich. Stefans Atem wurde langsamer und unregelmäßiger.

Mit einem ohrenbetäubenden Krachen zersplitterte die Wohnungstür. Drei Polizisten stürmten in die Küche und ihr Gebrüll erfüllte den Raum. Stefans Röcheln erstarb mit einem letzten Atemzug. Sophie nahm nur noch gedämpft die aufgeregten Stimmen um sie herum wahr, bevor sie ohnmächtig wurde.

Christian

„Ich könnte kotzen", nuschelte Christian fast un-
hörbar vor sich hin. Sein Blick war streng, sein Ausdruck genervt, sein Körper angespannt. Er starrte auf
den Bildschirm. Der Rechner gab ein monotones Sur-
ren von sich. Die Abneigung seines Nutzers ignorie-
rend, produzierte dieses Gerät die tägliche Dosis an
Daten und Informationen, gleichgültig wie aufre-
gend, spannend, routinemäßig oder belanglos die Inhalte waren, und präsentierte sie Christian in Form
von Berichten, Reports und E-Mails. Christians Blick
flog über die Zeilen einer E-Mail. In schier endlosen
quälenden Wiederholungsschleifen und Schachtel-
sätzen schwadronierte sein Kollege über den Stand
des aktuellen Projekts, an dem sie gerade arbeiteten.

„Das Projekt ist eine der Grundfesten unserer zu-
künftigen Arbeit hier im Konzern", hatte sich sein
Chef mit erhobener Brust und lautstarkem Ton im
letzten Meeting dazu geäußert. Meinte der das ernst?
Sein Kollege Bertram, ein narzisstischer Prolet in einem für den Bürokosmos übertrieben schicken An-
zug, bei dem die „Karriere klar an erster Stelle kam",

hatte bei diesem Kommentar deutlich sichtbar genickt und dabei wichtigtuerisch in die Runde geblickt.

„Den Kopf stets ganz tief drin", hatte Stefan gedacht. „Ich treffe dich im Darm von unserem Chef, wenn der mich wieder wegen irgendwas gefressen hat! Und du kommst von der anderen Seite." Sein flüchtiges Grinsen bei diesem Gedanken fiel niemandem auf. Das große Projekt. Die Bedeutung für das Konzernergebnis? Nicht messbar. Eine Verbesserung der Prozesse? Eher das Gegenteil. Langfristiger oder nachhaltiger Nutzen? Nein. Ein bürokratisches Verwaltungsmonstrum, das den Passierschein A38 laut schallend lachend als kleines Schulmädchen deklassierte. Es ging hier vielmehr um Fassadenmalerei mit dickem Pinsel und glänzender Farbe. Gut aussehen, strahlen, scheinen und teuer muss es sein! Was sich hinter dieser Attrappe als brüchige Bausubstanz verbarg, fand hoffentlich nie jemand heraus, zumindest nicht, solange der Projektleiter in Amt und Würden war. Der glänzende Schein nach außen diente eher als Karrieretreiber und Besitzstandswahrung des so mühsam erreichten Führungskräftestatus. Um das persönliche Fortkommen ging es hier. Ein Schritt weiter nach oben als Reflexion nicht nachhaltiger Schaumschlägerei. Ein simples System, das immer wieder funktionierte.

Regelmäßige Abstimmungsrunden mit wichtigen Personen, Aufpolierung von belanglosen Aspekten, die es nicht wert waren, dargestellt zu werden, und die latente Verwendung von bedeutungsschwangerem Business-Bullshit-Denglisch dienten als Luftpumpe, um diese Blase immer weiter aufzupumpen. Ein Blick hinter die Kulissen und tiefgehende Fragen nach dem langfristigen Sinn und Nutzen hätten dabei Unglaubliches offenbaren können.

Christian wunderte sich, wie viele Kollegen nicht in die Tiefe gingen, Bestehendes hinterfragten oder sich den Kostenapparat hinter dem Projekt ansahen. Oder war er selbst nur zu kritisch? Ein Schwarzseher, bei dem das Glas nicht nur halb leer, sondern frustbedingt knochentrocken war? Gelegentlich grübelte er darüber und nahm sich vor, eine optimistischere Haltung einzunehmen. Diese selbstbelügende Affirmation funktionierte bis zum nächsten verbalisierten Unfug, den er sich anhören musste. Die Kollegen, die einen kritischen Blick auf dieses hochgepriesene Leuchtturmprojekt wagten, verstummten in Anbetracht der beeindruckenden Führungsriege, die ihre Hände schützend über die sich anbahnende Tragödie ausbreiteten. Die Berater, die natürlich mit ihrer Fachexpertise unterstützen mussten, nässten sich vor Freude förmlich ein. Selten war das Preis-Aufwand-Verhältnis so gut gewesen. Es waren inzwischen vielleicht auch zu viel Zeit verstrichen und zu viel Geld geflossen, sodass die aktuellen Führungsfunktionen und Projektleiter nicht ohne Gesichtsverlust aus dieser Situation herauskommen würden. Die Blase würde voraussichtlich erst in ein paar Jahren platzen.

Es hieß also: stillschweigend durchziehen. Aufgeben und Abbrechen war etwas für Schwächlinge. Die Lorbeeren sollten bereits ein paar Monate oder Jahre später verteilt worden sein und die neue Führung – mit der zu rechnen war – müsste sich dann mit diesem Problem herumschlagen. Aber wenn taktisch und strategisch gut gesteuert werden würde, könnte man es sich zur Aufgabe machen, dieses Problem zum Nutzen des Unternehmens zu beseitigen. Dann würde ein neues Projekt aufgesetzt werden, das ebenfalls wieder Lohn und Ruhm bedeuten würde. Ein absurder Kreislauf des geschäftigen Daseins.

Christian war dieser Ego-Tanz der Eitelkeiten inzwischen zuwider. Die Frage nach Sinn und Nutzen stellte sich ihm langsam nicht mehr. Der hämische Dämon der inneren Kündigung lächelte ihn schon lange an. Mit einer Mischung aus Mitleid und Abscheu beobachtete er seine Kollegen, die sich in dieses Spiel einreihten – entweder weil sie es nicht besser wussten oder es gerne spielten. Vielleicht waren auch sie verzweifelt, aber dieser goldene Käfig war existenzwahrend für sie. Außerhalb lauerten Ungewissheit und Angst. Was passiert mit mir, wenn kein Geld mehr fließt? Diese Frage entfachte für viele das Schreckensszenario des finanziellen Ruins, der zwangsläufig das Zusammenbrechen des sozialen und familiären Gefüges nach sich ziehen würde. Danach würde eine ausweglose Depression folgen. Ein absurdes Gedankenkarussell. Doch so würde es mit Sicherheit kommen! Diese Ungewissheit eines alternativen Weges auszuhalten, traute sich kaum jemand. Und die, die es doch wagten, verschwanden von der Bildfläche. Dann doch lieber am goldenen Käfig festhalten, auch wenn die Fingerknöchel beim Festhalten schmerzhaft weiß hervortraten.

Christian wusste, dass er nicht besser dastand. Er war auch nur Teil des Systems, eine Spielfigur, die den Regeln unterworfen war. Er wünschte sich mehr, einen Ausbruch aus der Lethargie, einen Nutzen und Sinn in seinem Dasein zu erkennen. Doch gefangen in den Zwängen passte er sich an und verschmolz mit dem Brei einer dahinvegetierenden Bedeutungslosigkeit. Scham war Bestandteil seines Seins geworden. Durch die Gewöhnung an diesen Zustand war ihm diese Ausweglosigkeit weniger bewusst und trat in den Hintergrund.

Sein Schutzpanzer hatte jedoch Risse erhalten. Das übermäßige Zerren an den Nerven hatte ihn müde werden lassen. Frust wich der Wut, Sarkasmus dem Zynismus. Es gab Situationen, in denen er sich nicht mehr anpassen wollte. Einige kritische Kommentare, die stirnrunzelnd aufgenommen oder barsch unterdrückt wurden, und ziellose Recherchen nach einer neuen Stelle waren aber auch schon der Gipfel der Aufmüpfigkeit. Wie ein Fass, das sich Tropfen um Tropfen füllte, stieg der Pegel seiner Unzufriedenheit.

Christian las die E-Mail weiter: *„… um Risiken zu mitigaten … Herausforderungen anzunehmen … mit dem Management zu alignen …"*

Christian stieß leicht auf und schmeckte eine brennende Mischung aus Magensäure und Kantinenerbsensuppe. „Mein Gott, was schreibst du da? Es geht doch nur um ein scheiß neues Programm", murmelte er und trank einen Schluck Wasser, der das Brennen im Hals etwas linderte. Wie immer öfter in letzter Zeit, hörte er ein leises, andauerndes Piepen im rechten Ohr. Er stand auf und ging eine Runde über den Flur. Noch 22 Minuten bis zum nächsten Meeting. Vielleicht sollte er in Zukunft nach dem Essen auf diesen Batteriesäurekaffee aus dem Automaten verzichten.

Mit seinen Unterlagen unter dem Arm betrat Christian den Meetingraum. Der narzisstische Prolet Bertram saß bereits am Tisch und testete den Beamer. Seine Kollegin blickte nur kurz auf, nickte und vertiefte sich wieder in ihre Dokumente. Drei weitere Büro-Amöben hielten ihre Stühle warm und die Assistentin des Chefs betrat den Raum. „Der Chef kommt fünf Minuten später", rief sie. „Er ist noch beim Vorstand."

Bertram blickte auf. Seine Pupillen weiteten sich wie bei einem kleinen Mädchen, das ein Pony geschenkt bekommen hatte. ‚Nächstes Mal werfe ich ihm einen Hundeknochen hin, wenn der so guckt', dachte Christian und musste lächeln.

„Ja, ist schon ziemlich cool, was wir hier so machen, oder?", sagte Klaus, eine der Büro-Amöben, und sah Stefan freudestrahlend an. Klaus, der vermutlich noch nicht erkannt hatte, dass sein wahres intellektuelles Ich einem Beamten der unteren Baubehörde, Abteilung Schotterkörnung, entsprach, hatte Christians Lächeln offensichtlich fehlinterpretiert.

„Ja, total." Christians Verzweiflung wurde durch eine gespielte Fröhlichkeit übertönt.

Minuten vergingen. Eifriges Tippen auf der Tastatur und leises Klirren der Kaffeetassen begleiteten die monotone Warterei. Dann näherten sich eilige Schritte. Jochen, sein Chef, stürmte leicht aus der Puste und grinsend in den Raum. Im Schlepptau einer der Berater. Der teure Consulting-Anzug saß. Haare perfekt gestylt. Berufserfahrung, gefühlt die Dauer, die jemand auf dem Weg zur Arbeit benötigt. Arrogant, aber immerhin einigermaßen höflich im Umgang.

„Sorry für die Verspätung, Leute. Hat da oben länger gedauert. Lasst uns sofort loslegen. Ich habe direkt im Anschluss einen harten Anschlag und muss in den nächsten Termin. Bertram, kannst du uns ein Update geben?" Christians Chef ließ sich auf seinen Platz fallen und Bertram fabulierte bedeutungsschwanger in monotonen Zügen über den Projektstand. Es zog sich. ‚Das hättest du auch in fünf Sätzen in einer E-Mail schreiben können', dachte Christian. Sein Frustpegel stieg. Wieder schmeckte er die säurehaltige Erbensuppen-Kaffee-Mischung.

Nach einer gefühlten Ewigkeit beendete Bertram seinen Monolog und der Chef nickte ihm zu. „Sehr gut. Es läuft. Aber es muss schneller gehen. Der Vorstand möchte das Projekt bereits in zwei Wochen implementiert sehen. Die wollen Ergebnisse!"

Das Schweigen, das den Raum erfüllte, begleitet von tiefen Atemzügen, ließ einen gewissen Unmut erkennen.

„Leute, das meine ich ernst. In zwei Wochen muss alles stehen. Es gibt keine Alternative." Jochen blickte ernst in die Runde.

Bertram holte tief Luft und sagte: „Also gut, lasst uns das anpacken. Let's do it, guys! Dann ziehen wir eben durch. All night long. Dann launchen wir das eben früher." Vielsagend blickte er in die Runde.

Christian kam die Galle hoch, doch er schluckte sie hinunter und sagte: „Vielleicht sollten wir die Abstimmungsrunden reduzieren und uns auf den Kern des Programms fokussieren. Arbeitspaket eins ist ja der wichtigste Punkt. Gegebenenfalls könnte man die Arbeitspakete drei und vier parken. Da steckt sowieso kaum ein Nutzen drin." Den letzten Satz hätte er sich besser sparen sollen. So wie den ersten eigentlich auch. Er bereute seine Worte bereits in dem Moment, als er sie ausgesprochen hatte.

Auf der Stirn seines Chefs bildeten sich Zornesfalten und Jochen sagte: „Äh, wie bitte? Hast du nicht verstanden, was wir hier gerade machen? Das geht gar nicht." Christian hatte mit seiner Kritik einen roten Knopf bei diesem Narzissten gedrückt. Sein Chef fuhr laut fort: „Ich habe das Programm aufgesetzt. *Alle* Arbeitspakete sind wichtig. Das funktioniert nur zusammen. Deine Bemerkung disqualifiziert dich! Du hast das ganze Thema nicht verstanden. Und dass du die Abstimmungsrunden kritisierst, zeigt nur, dass du keine Ahnung hast, wie es im Business läuft." Seine Stimme war nicht mehr laut. Er schrie mittlerweile. Seine Zündschnur war heute offensichtlich sehr kurz. Vermutlich war der Termin beim Vorstand nicht so gelaufen, wie er es sich erhofft hatte. Offensichtlich war seine gute Laune nur vorgespielt gewesen. Eine Fassade vorzeigen, die nicht der Realität entsprach, das hatte Jochen drauf. Er musste jetzt nur noch einen Schuldigen identifizieren, der seine Unfehlbarkeit bedrohte. „Ich glaube, dass ich das Problem, das uns hier aufhält, gerade entdeckt habe!" Mit puterrotem Gesicht starrte ihn sein Chef an. Die anderen blickten betreten zu Boden.

Christian erwiderte seinen Blick und empfand nur Abscheu. Jochen trat langsam auf ihn zu. „Weißt du was? Steh auf. Na los, steh auf!"

Christian stand mit leicht zitternden Knien auf. Er kochte vor Wut. Sein Chef stand nun genau vor ihm.

„Du verpisst dich jetzt! Raus aus meinem Meeting. Am besten verpisst du dich direkt ganz."

„Sag mal, geht's noch?", platzte es aus Christian heraus. „Bleib mal locker. Ich habe was Sachliches beigetragen und einen Vorschlag gemacht. Was tickst du hier aus?"

„Weil du Idiot nichts verstanden hast! Es reicht mir mittlerweile!", schrie ihn Jochen an. Keiner der anderen hob den Blick. Christian hob seine Schultern und spannte seine Muskeln an. „Du bist ja total über- geschnappt. Was fällt dir ein, mich so zu be- schimpfen? Und dann auch noch vor den anderen?" Es reichte ihm. Sein Chef baute sich ebenfalls vor ihm auf. Beide standen sich nur noch einige Zentimeter gegenüber und starrten sich Auge in Auge an.

Jochen zischte: „Das war's. Ich schmeiß dich raus. Und glaub mir, niemand wird dir helfen. Ich mache dich fertig! Du wirst nie wieder einen anderen Job finden – dafür sorge ich. Kannst demnächst schön Stütze beantragen. Und deine Alte verpisst sich dann garantiert auch!"

Beide blickten sich hasserfüllt an. Sein Chef lehnte sich leicht nach vorne. In diesem Moment setzte etwas bei Christian aus. Sein Schlag kam unerwartet. Jochens Nasenbein brach mit einem lauten Knacken und Blut floss über sein Gesicht. Sein Chef taumelte nach hinten. Christian ging einen Schritt vor und holte ein weiteres Mal aus und schlug zu. Zweimal, dreimal, viermal. Mit jedem Schlag folgte er Jochen, der immer weiter nach hinten torkelte. Christian folgte seiner Bewegung und er schlug immer wieder zu. Sein Chef stürzte zu Boden. Weitere Schläge trafen sein Gesicht. Vor Schreck erstarrt beobachteten seine Kollegen das Geschehen von ihren Plätzen aus. Die Augen weit aufgerissen, die Hände vor dem Mund. Irgendwann ließ Christian von ihm ab. Er stand über ihm. Jochens Gesicht war blutverschmiert. Seine Vorderzähne waren verschwunden. Röchelnd versuchte er sich zur Seite zu drehen.

Christian blickte an sich hinab. Sein Hemd war sauber sowie auch seine Hände. Noch immer stand sein Chef mit bedrohlicher Miene direkt vor ihm. Wie aus einem Tagtraum gerissen blickte Christian Jochen in die Augen und schwieg. Sein Kopfkino hatte sich so real und gut angefühlt. Ein Lächeln umspielte seine Mundwinkel und sein Gesichtsausdruck wirkte auf eine eigenartige Weise einschüchternd, auf eine gewisse Art irre. Jochen erwiderte seinen Blick. Seine Nase war unversehrt und seine Zähne saßen dort, wo sie sein sollten, und blitzen hell-weiß gebleacht auf. Sein Chef blickte zur Seite und ein kaum wahrnehmbares Zittern war Jochens Körper anzusehen. Unruhig wandte sich Jochen ab und löste sich aus der Sekundenstarre. „Beruhigen wir uns", sagte Jochen leise. Das ging zu weit. Ich meine, ..." , er zögerte und blickte dabei an Christian vorbei, „ich bin zu weit gegangen."

Christian nickte. „Ja", sagte er nur, drehte sich um und verließ den Meetingraum.

John

Glitzernde Tropfen bahnten sich wie mit einem Finger gezogen den Weg an seinem Hals herab. Es wurden immer mehr. Sie ließen seine Haut glänzen und hatten das weiße Hemd mittlerweile völlig durchtränkt. Die Luft flimmerte und die Hitze lag beim Atmen bleiern in der Kehle. John saß am Steuer und umklammerte mit seinen nassen Händen das Lenkrad. Er atmete schwer und fluchte leise. Der Motor seines Wagens dröhnte vor sich hin, genauso wie die übrigen Autos vor ihm. Nichts ging mehr. Nur alle paar Minuten bewegte sich die endlose Blechlawine ein paar Meter vorwärts. Viel zu langsam. John blickte immer wieder auf die Uhr. „Was für eine Scheißidee", murmelte er. Das Cabriolet sah gut aus und war es mit Sicherheit auch. Aber seine spontane Entscheidung für das Upgrade rächte sich nun. Wenn er geahnt hätte, dass sich das Verdeck – warum auch immer – nicht mehr schließen lassen würde, hätte er auf die Frischluft verzichtet. Gefangen im Stau brannte nun die Sonne mit gleichgültiger Unbarmherzigkeit auf ihn herab. Er war zwar erst ein paar Kilometer weit gekommen, sah aber jetzt schon aus, als habe er einen Wüstenmarathon hinter sich. Wieder ging es zwei Meter voran und die Wagenkolonne drückte sich langsam vorwärts, bis die Bewegung erneut erstarb. Der Zeiger seiner Uhr bewegte sich unaufhaltsam weiter. Wie bei einem Wettkampf lief die Zeit gegen John und seine Terminplanung. Nach Punkten lag John bereits weit hinten. Machtlos sah er den Problemen entgegen, die diese Verzögerungen mit sich bringen würden. Es schien wie verhext zu sein. Einige Stunden zuvor war sein Flieger zunächst als verspätet angezeigt worden. Dann wurde der Flug annulliert. Nach endlosem Warten konnte er auf einen anderen Flug umbuchen. Sein einkalkulierter Zeitpuffer war beim Besteigen des Ersatzfliegers bereits stark geschrumpft. Nach der Landung hatte ihm die kühl lächelnde Frau am Mietwagenschalter ohne Umschweife ein Upgrade angeboten. Offensichtlich war seine gebuchte Wagenklasse bereits vergeben. Nun bereute John seine Entscheidung. Sein Zeitpuffer schrumpfte im Stau weiter dahin. Dabei hatte er seine Anreise zeitlich besonders großzügig geplant. Im Termin selbst zu scheitern, wäre möglicherweise das Ende seiner Karriere. Nicht rechtzeitig oder gar nicht anzukommen, wäre jedoch ein Desaster. Er sah seine Chefin bildlich vor sich, wie sie schrie, ob er ein stümperhafter Anfänger sei und das erste Mal eine Dienstreise gebucht habe. Seine ersten erfolgreichen Berufsjahre und sein Einsatz für die Firma wären zu diesem Zeitpunkt irrelevant. „Da bekommst du das erste Mal eine solche Chance und dann so ein Mist." John fluchte wieder. Anrufen und um Verschiebung bitten war keine Option. Die Fronten waren verhärtet und es gab nur dieses Zeitfenster.

Es ging stockend weiter. Hinter einer Kurve kam ein Streifenwagen in Sicht, der die Wagenkolonne umleitete. John fasste die Hoffnung, dass es ab dort zügiger weitergehen könnte. Die Zeit war knapp, aber er konnte es noch schaffen. Wie ein kleines Zahnrad in einer komplexen Maschinerie bewegte sich sein Wagen langsam vorwärts.

Er war gefangen in diesem Autokolonnen-System, genauso wie in dem System voller wichtiger Aufgaben, Termine und Selbst-Beweihräucherung, welche sein Job mit sich brachte. Er war Teil dieses Konstrukts, das durch protzigen Schein und wichtigtuerisches Gehabe Lebenszeichen von sich gab. Dieses

System prägte ihn und seine Identität. Es ging um Geld – viel Geld. Die Karriereleiter war holprig, aber sie führte ihn nach oben. Er war stolz darauf, Teil dieses Spiels zu sein, und präsentierte die Fassade eines erfolgreichen Machers. Mit dem nötigen Geld, das er offen zeigte, schlüpfte er in diese gesellschaftlich wohlwollend anerkannte Rolle, die ihm Lebensglück versprach. Er lebte diese Fiktion der Glückseligkeit. Doch die aktuellen Umstände schlugen eine Kerbe in diesen wachsenden Baum, welche – je mehr Zeit verstrich – immer größer wurde.

Er näherte sich dem Streifenwagen. Ein gelangweilter Polizist stand davor und winkte die Fahrzeuge in eine abzweigende Straße. John lehnte sich zur Seite und winkte ihm zu. „Entschuldigen Sie bitte!", sprach er den Polizisten an.

Mit leicht abwertendem Blick erwiderte der Polizist: „Was gibt's?"

„Ich muss dringend nach Springfield und eigentlich da lang."

Der Polizist hob eine Hand und deutete mit dem Daumen auf die gesperrte Straße. „Das können Sie heute vergessen. Es hat dort einen Waldbrand gegeben. Sie müssen die Umleitung nehmen."

John sah frustriert auf die Wagenkolonne, die sich die Umleitung entlang zwängte, die eindeutig in der falschen Richtung lag.

„Das kostet mich Stunden", fluchte er. „Gibt es eine Möglichkeit, den Weg abzukürzen und nicht die Schnellstraße zu nehmen?" John blickte den Polizisten flehend an. Sein Kopf war knallrot, sein ganzer Körper war klatschnass und seine Augen waren durch den salzigen Schweiß rot und geschwollen.

„Machen Sie doch das Verdeck zu. Sie bekommen ansonsten noch einen Sonnenstich."

„Das ist leider defekt", entgegnete John. Verzweiflung lag in seiner Stimme. Ein Anflug von Mitleid huschte über das Gesicht des Polizisten. Sekunden verstrichen. Der Polizist blickte sich um, überlegte und sagte dann: „Die S31 ist normalerweise die beste Option. Aber es geht nur langsam voran. Es hat auf der Straße einige Unfälle gegeben. Das sieht schlecht aus. Sie könnten aber noch was anderes versuchen: Nach ungefähr acht Kilometern geht links die alte Landstraße ab, die nach Blueville führt. Von Blueville können Sie weiter nach Springfield fahren. Ist ein Umweg und die Straße ist nicht mehr die beste. Aber das wäre eine Möglichkeit. Ihr Navi zeigt diese Strecke vermutlich nicht an, da man die Umgehung gebaut hat und die Straße früher gesperrt war."

„Danke, Officer." Bei John flammte ein Funken Hoffnung auf. Er reihte sich in die Kolonne ein. Es ging etwas zügiger voran. John prüfte die Streckenführung mit dem Navi seines Handys. Die Landstraße wurde ihm zunächst nicht angezeigt. Nach ein paar Minuten sah er sie dann auf dem Display, aber sein Navi zeigte ein Gesperrt-Symbol an. John blickte sich um. Der Polizist war außer Sichtweite. Verdammt. Was sollte er tun? Langsam bewegte sich der Stau weiter. Bei dieser Geschwindigkeit würde er es über die S31 nicht schaffen.

Nach einer leichten Kurve entdeckte er in einiger Entfernung eine Seitenstraße. Eine bunt lackierte Holzplanke lag auf zwei Holzträgern und blockierte die Hälfte der Einfahrt. John stöhnte auf. Er dachte nach. Wenn der Polizist recht hatte, sollte er nach Blueville durchkommen. Selbst wenn er umkehren müsste, würde das an seiner aktuellen Situation nichts ändern. Er blickte geradeaus. Hitze flimmerte über der Blechlawine, die sich bis zum Horizont auf der S31 erstreckte. Das war seine letzte Chance. Er traf eine Entscheidung. Er atmete tief durch und scherte mit Schwung aus der Kolonne aus, fuhr mehrere Meter über die Gegenfahrbahn und bog zügig – begleitet vom bösen Hupen seiner Leidensgenossen – in die Straße nach Blueville ein.

Freie Bahn. Er gab Gas. Die Straße war in einem guten Zustand und er war allein unterwegs. Der Fahrtwind blies durch seine Haare und vertrieb die Hitze. Mit einem Lächeln richtete er sich auf und drückte das Gas noch weiter durch. Ein Blick auf die Uhr. Trotz des Umwegs konnte er rechtzeitig ankommen. Die Strecke schlängelte sich in weiten Bögen durch die hüglige Landschaft. John genoss die zügige Fahrt und seine Laune besserte sich. Nach circa einer Stunde kam der Ort Blueville in Sicht. Ein kleines, verschlafenes Städtchen, wenn man überhaupt von einem Städtchen sprechen konnte. Er fuhr am Ortsschild vorbei und drosselte die Geschwindigkeit. Bloß keinen Fehler machen und noch weiter aufgehalten werden, sagte er sich. Kleine Geschäfte, ein Imbiss und ein paar Büros zogen an ihm vorbei. Vereinzelt liefen Menschen die Straße entlang. Hinter einer Abbiegung kam der Ortsausgang in Sicht. „Es läuft", sagte er sich und gab zügig Gas.

Begleitet von einem Knall und einem Zischen zog der Wagen rechts zur Seite. John konnte gerade noch bremsen und verhindern, dass er in den Graben fuhr. In einer Staubwolke kam der Wagen zum Stehen. Kreideweiß und die Hände immer noch um das Lenkrad geklammert, starrte John geradeaus. Dann atmete er tief durch, stieg aus und ging um das Auto herum. Der rechte Vorderreifen hing nur noch in dicken Fetzen auf der Felge, die im staubigen Boden steckte. Mit offenem Mund betrachtete er das Vorderrad. Dann schrie er. Er brüllte seine Wut in die Landschaft hinaus und schlug mit den Fäusten in die Luft. Außer Atem beugte er sich hervor und stützte sich auf seinen Oberschenkeln ab. Abgesehen von ein paar Grillen, die in der Ferne zirpten, war es still.

John atmete durch. „Es ist noch nicht vorbei." Er blickte sich um. Blueville lag ungefähr 200 Meter hinter ihm. Er umrundete den Wagen, nahm seine Tasche und legte den Rest der Sachen in den

Kofferraum. Er schloss ab und lief los. Schwer schnaufend joggte er an der Straße entlang auf den Ort zu. Unterwegs traf er niemanden. Der Imbiss kam in Sicht und er taumelte auf ihn zu. Ein paar Meter davor verlangsamte er sein Tempo und zwang sich, ruhiger zu atmen. Er öffnete die Tür. Eine Glocke kündigte sein Eintreten an. An der linken Seite stand eine Theke, die in ihrer Auslage Sandwiches und Kuchen anbot. Auf der rechten Seite standen ein paar Tische. Ein älteres Ehepaar saß in der Ecke und blickte kurz auf. Hinter der Theke erschien ein junger Mann und sah ihn ungläubig an. Er musste ziemlich merkwürdig aussehen. „Guten Tag, wie kann ich Ihnen helfen?", fragte er.

John antwortete: „Guten Tag. Ich bin auf der Durchreise und habe eine Panne. Mein Auto steht kurz hinter dem Ort am Straßenrand. Gibt es hier eine Werkstatt?" Er ballte seine Hände zu Fäusten und stieß ein leises Kurzgebet los.

„Ja", sagte der junge Mann. „Wenn Sie hier rausgehen, links, dann nach 50 Metern wieder links in die Seitenstraße. ‚Max' Werkstatt'. Nicht zu übersehen. Er ist eigentlich immer da."

„Oh Mann, vielen Dank. Sie glauben gar nicht, wie sehr Sie mir gerade geholfen haben."

Der junge Mann nickte.

John lief hinaus auf die Straße. Hoffnung beflügelte ihn. Was für ein krasser Tag, dachte er. Er bog wie beschrieben ab und lief in die Seitenstraße. Vor ihm tauchte die Werkstatt auf – eine geöffnete und etwas heruntergekommene Lagerhalle, die zu einem Schrottplatz gehörte und in der zwei Hebebühnen standen. Die Werkstatt sah chaotisch aus.

Er lief zum Eingang. „Hallo? Ist da jemand? Hallo?"

Er hörte ein mechanisches Klappern, gefolgt von einem Schlurfen. Ein älterer Mann bog um die Ecke. Das musste Max sein. Vermutlich in den 60ern mit einer leicht gebeugten Haltung, hellen, wachsamen Augen und einem leichten Lächeln, das seine Mundwinkel umspielte. „Guten Tag", sagte Max freundlich. „Alles okay bei Ihnen?"

„Leider nein. Ich bin auf der Durchreise und hatte gerade eine Panne direkt hinter Blueville. Können Sie mir helfen?" John blickte Max flehend an.

Max entgegnete ruhig: „Möglicherweise. Ich sehe es mir an. Steht der Wagen noch dort?"

„Ja, er steht dort. Es wäre großartig, wenn Sie mir helfen können."

Max musterte John. „Sie wirken etwas gestresst, wenn ich das sagen darf."

John stieß einen Seufzer aus: „Ja ... äh oder nein. Ich meine ... ähm. Ich bin sehr in Eile und muss zu einem wichtigen Geschäftstermin. Mein Flieger hatte bereits Verspätung, dann musste ich einen Umweg fahren und nun das. Ich könnte wirklich Ihre Hilfe gebrauchen."

„Okay, okay, fahren wir hin." Max ging in aller Ruhe aus der Halle und winkte John zu, ihm zu folgen. John war erleichtert. Hinter der Halle stand ein alter Abschleppwagen. Er war dreckig und sehr in die Jahre gekommen. Auf Johns zweifelnden Blick hin sagte Max: „Lassen Sie sich nicht täuschen. Das alte Schätzchen hat zwar schon einige Jahre auf dem Buckel, läuft aber mit viel Liebe und ausreichend Nachschub mit Öl wie eine Eins."

Max lächelte, stieg auf den Fahrersitz und wies auf den Beifahrersitz. John nahm Platz. Der Motor sprang tuckernd an und eine dunkle Rauchwolke stieß aus dem Auspuff hervor. „Die alte Lady hat's ein bisschen mit der Lunge", lachte Max und fuhr aus der Einfahrt. „Auf welcher Seite des Ortes steht Ihr Wagen denn?"

„Richtung Springfield."

„Alles klar." Langsam fuhr der Abschleppwagen um die Ecke am Imbiss vorbei und näherte sich dem Ortsausgang. „Ah ja. Nicht zu übersehen", sagte Max gelassen, als er den Wagen hinter dem Ortsausgang erblickte.

Einige Minuten später hatte er das Auto begutachtet „Sieht übel aus. Ich lade das Schätzchen auf und bringe es erst mal zur Werkstatt."

John seufzte. Seine Hoffnung schwand. Nach dem Verladen des Wagens, das eine Ewigkeit zu dauern schien, fuhren sie zurück.

An der Werkstatt angekommen, inspizierte Joe den Wagen näher. „Das wird dauern. Vor morgen wird das nichts. Die Felge ist auch hinüber und mir fehlen die Teile für das Fahrzeugmodell. Sowas ist hier eher selten unterwegs."

John fühlte eine zentnerschwere Last auf seinen Schultern. „Haben Sie denn einen Wagen, den ich mir leihen kann?"

„Leider nein, mein Junge", antworte Max. „Ich habe nur den Abschleppwagen und den brauche ich selbst."

„Kennen Sie jemanden, der mir sein Auto leihen kann? Oder gibt es eine andere Möglichkeit, schnell nach Springfield zu kommen?"

Max zögerte und sagte nach einer kurzen Pause: „Wir haben keinen Wagenverleih. Zweimal am Tag fährt ein Bus. Der letzte ist vor zwanzig Minuten abgefahren. Tut mir leid."

John erschauderte. Kapitulation. Oder gab es doch noch eine Chance? „Ich muss mal telefonieren", sagte John und verließ die Werkstatt.

Zwei Stunden später sank die Sonne bereits Richtung Horizont und wechselte langsam zu einem leicht orange gefärbten Gelbton. John saß mit gesenktem Kopf auf einer Mauer und starrte auf den Boden. In seinem Kopf hämmerte es dumpf. Als sich jemand neben ihn an die Mauer lehnte, blickte er auf. Es war Max. Wortlos hielt er ihm ein Bier hin. John zögerte, griff dann jedoch nach der Flasche und nickte ihm zu. Das Bier war eiskalt. Das Kondenswasser perlte glitzernd und bahnte sich den Weg den Flaschenhals hinab. Beide nahmen einen Schluck und beobachteten stumm den Sonnenuntergang. Schließlich räusperte sich Max: „Wie war das Telefonat?"

„Nicht gut", sagte John leise.

„Schlechter Tag, oder?" Max blickte John an.

„Sehr milde ausgedrückt, ja", entgegnete John. Die Sonne verwandelte sich in einen orangeroten Ball und berührte fast den Horizont. Ein Falke zog seine Kreise und stieß schrille Laute aus. Die Männer verfolgten stumm seine Flugbahn. Dann sagte Max: „Sie wollen das jetzt vielleicht nicht hören. Aber in einem Jahr blicken Sie vielleicht zurück und erinnern sich an das kühle Bier, den Falken und die untergehende Sonne. Der Rest ist dann vermutlich egal." Nach einer Pause sagte er: „Sie kriegen das hin." Max drehte sich um und ließ John allein. John nahm einen Schluck aus der Flasche und sah, wie die Sonne hinter dem Horizont versank. Ein entspanntes Gefühl machte sich in seinem Körper breit. Sein Kopf war plötzlich klar und er wusste, dass der alte Mann recht hatte.

Ralph

Ralph stieg aus dem Taxi. Es stürmte. Ein feiner Regen schlug ihm wie eine Gischt von der Seite ins Gesicht. Er kniff die Augen zusammen, zog seine Jacke eng um den Körper und lief am Wagen vorbei. Der Fahrer hatte bereits den Kofferraum geöffnet und zerrte eilig seinen Reisekoffer heraus. Ralph bedankte sich knapp und lief auf den Eingang zu. Die automatischen Türen öffneten sich und Ralph verlangsamte sein Tempo. Warme Luft strömte ihm entgegen. Er klopfe sich die Regentropfen von seiner Jacke und betrat die Halle. Durchatmen. Ralph blickte sich um, orientierte sich und lief in Richtung einer großen Anzeigetafel. Er studierte die Flugnummern. Erstaunt registrierte er, dass mehr als die Hälfte der Flüge verspätet oder gestrichen waren. Er ging die Uhrzeiten durch und fand schließlich seinen Flieger. Ein Lächeln huschte über sein Gesicht. Leichte Verspätung. Mehr nicht.

Er lief Richtung Gate und freute sich schon auf einen Kaffee, für den er noch genügend Zeit haben würde. Die Schlange an der Sicherheitskontrolle war so lang wie für diese Uhrzeit üblich. Ein Ordner sortierte die Reisenden den jeweiligen Sicherheits-schleusen zu. Als Ralph an die Reihe kam, hob der Ordner mit gleichgültigem Blick die Hand und stoppte die Wartenden. An allen Sicherheitsschleusen war geschäftiges Treiben zu erkennen. Ralph be-obachte, teils belustigt, die anderen Reisenden. Er er-kannte sofort, wer sich mit dem Prozedere auskannte und wer nicht. Er selbst flog regelmäßig, auch wenn er nicht als Vielflieger gelten würde. Der Ordner blickte gelangweilt an Ralph vorbei und wies ihn und fünf weitere Personen mit einer Handbewegung der letzten Sicherheitsschleuse in der Halle zu. Vor ihm legte ein jüngerer Mann mit fahrigen Bewegungen sein Handgepäck auf das Band. Als er seinen Mantel auszog, fielen sein Schlüssel und sein Handy auf den Boden. Hektisch hob er die Sachen auf und legte sie in die bereitgestellte Kiste. Der Sicherheitsbeamte sprach ihn an, ob er wirklich alle Gegenstände aus sei-nen Taschen genommen hätte, was der Mann heftig nickend bejahte. Er sagte dabei kein Wort. Ralph wurde auf einmal von einem unguten Gefühl ergrif-fen, das er sich nicht erklären konnte. Er zog seinen Mantel aus, legte seine Sachen in die nächste Kiste und nickte dem Sicherheitsbeamten zu. Der Mann vor ihm ging durch die Schleuse und wurde zur Seite herausgebeten. Ralph sah, wie seine Taschen geöffnet und kontrolliert wurden und er seine Schuhe ausziehen musste. Bei Ralph gab es keine Verzögerung. Er brauchte jetzt dringend einen Kaffee und schlängelte sich durch die Flure an den anderen Passagieren vorbei. In der Nähe seines Gates fand er eine Kaffeebar und reihte sich in die Schlange der Wartenden ein. Es stockte. Die Bedienung diskutierte gerade lautstark mit einer Kundin, bis die Kundin ihr etwas Abfälliges zurief, ihre Sachen packte und mit stampfenden Schritten weglief. Die Frau hinter der Theke blickte ihr für einen Moment verstört hinterher und wandte sich dann dem nächsten Kunden zu.

Irgendwie wirkte heute alles verstörend. Die Menschen schienen an diesem Tag neben der Spur zu laufen. Ralph kam an die Reihe und wurde direkt darüber aufgeklärt, dass die Kaffeemaschine defekt war. Es gäbe aber Tee. Resigniert kaufte Ralph einen Becher Earl Grey und bewegte sich zum Gate. Dort gab es keinen Sitzplatz mehr. Wie passend. Er blickte sich um. Die Menschen saßen dicht gedrängt auf den

Plätzen am Gate. Einige hackten verbissen auf ihren Notebooks herum, andere starrten gelangweilt auf die Monitore an der Decke, wo in Dauerschleife die gleichen unwichtigen Nachrichten flimmerten. Ralph genoss es normalerweise, die Menschen an Flughäfen zu beobachten. Von Freude, Langeweile, Stress, Geschäftigkeit, Gleichgültigkeit, aber auch Traurigkeit ließ sich die Bandbreite der menschlichen Emotionen erkennen. Heute war etwas anders. Er wusste nicht, warum. Es lag eine Spannung in der Luft, die er nicht einordnen konnte. Die Menschen wirkten unruhig und gereizt. Und diese kollektive Nervosität war im Schwarm ansteckend.

Er entdeckte die Frau von der Kaffeebar, die schlecht gelaunt vor sich hinstarrte. Der Mann, der vor ihm in der Sicherheitskontrolle überprüft worden war, lief in der Wartehalle umher und wirkte immer noch nervös. Ein zweiter Mann, etwa im gleichen Alter, ging auf ihn zu. Sie sprachen miteinander und blickten immer wieder zum Gate. Beide wirkten gestresst. Jung, bärtig, Migrationshintergrund, Kleidungsstil mit leicht militaristischem Eindruck. Rucksäcke als Handgepäck. Ralph blickte beunruhigt zu ihnen hinüber, rief sich aber in Erinnerung, dass sie mit ihrem Äußeren lediglich ein Klischee erfüllten und die Sicherheitskontrollen durchlaufen hatten. Doch sein Kopfkino wurde bereits angekurbelt. Er versuchte sich zu beruhigen. Statistisch ist sowas unbedeutend. Hinter den Kulissen laufen Maßnahmen des Staates, die uns schützen. Es ist sicher. Aber wer wusste das schon.

Die Männer trennten sich und der Mann, der vor ihm an der Sicherheitskontrolle gestanden hatte, wartete vor dem Gate. Sollte er das melden? Aber was sollte er sagen? Dass sich zwei Menschen unterhalten hatten und gestresst wirkten? Unfug! Er kam sich plötzlich albern vor.

Ralph wandte den Blick ab und lief langsam hin und her. Er fühlte sich nicht gut und verspürte den Drang, diesen Ort zu verlassen. Er hinterfragte dieses Gefühl und fand keine Lösung. Natürlich musste er in das Flugzeug steigen. Dem Chef zu sagen, dass er aufgrund seines Bauchgefühls den Flieger nicht bestiegen hatte, war keine Option.

Ein Flughafenmitarbeiter lief durch die Menschenmenge, stellte sich an den Tresen vom Gate und fing an, die Technik vorzubereiten. Gleich würde das Boarding losgehen. Dann kam der Aufruf für sein Gate. Langsam, jedoch stetig bewegte sich die Menschenmasse auf das Gate zu. Ralph musste unwillkürlich an einen Zombiefilm denken, in der eine Horde Untoter schlurfend auf ein Ziel zusteuert. Eine Schafherde bei der Verladung auf dem Weg zum Schlachthof. Was für absurde Gedanken. Ralph schüttelte den Kopf. Einige Anzugträger drängten sich nach vorne. Es waren immer die gleichen Typen. Ralph hatte den Grund für dieses Verhalten nie verstanden. Schließlich formte sich eine Reihe, die sich Schritt für Schritt nach vorne schob. Ralph kam dran. Er zog sein Smartphone über den Scanner. Nichts geschah. Er versuchte es erneut. Wieder nichts. Der Flughafenmitarbeiter blieb freundlich, war jedoch offensichtlich genervt und sah sich sein Onlineticket an. Er gab seine Daten in den Computer ein. Ralph bemerkte, wie der Reisende hinter ihm in der Reihe nach oben blickte und die Augen verdrehte. Der Flughafenmitarbeiter nickte Ralph schließlich zu und ließ ihn durch. Wind und Regen peitschten gegen die Wände der leicht wankenden Schleuse. Der Flieger war überfüllt. Ralph drängelte sich an den Reihen vorbei und erreichte seinen Platz. Der Sitz neben ihm war bereits besetzt. Der nervöse Mann aus der Sicherheitsschleuse saß dort. Ralph riss sich zusammen und grüßte seinen Sitznachbarn, der seinen Gruß jedoch nicht erwiderte, sondern nach draußen starrte. Ralph nahm Platz und fragte sich, was heute eigentlich los war. Am liebsten wäre er wieder ausgestiegen.

Relativ zügig hörte man über die Lautsprecherdurchsage ein leises „Boarding completed" und die Besatzung verfiel in ihre Routine. Der Flieger rollte bereits los, als die Sicherheitshinweise heruntergespult wurden. Jetzt war es definitiv zu spät zum Aussteigen. Der Pilot meldete sich ungewöhnlich früh mit einer Ansage, in der er mitteilte, dass er zügig starten werde, da aufgrund der Wetterlage ansonsten ein Startverbot drohe. Es könne etwas ungemütlich werden, aber der Flieger sei für weit schlechteres Wetter gebaut. Alles sei normale Routine. Es sollte beruhigend klingen. Für Ralph war es das jedoch nicht. Offensichtlich ebenso wenig für seinen Sitznachbarn. Ralph sah, wie kleine Schweißperlen an seinem Hals hinabliefen. Er wirkte zudem noch fahriger. Lag es am Wetter? Oder war es etwas anderes? Ralph wurde noch unruhiger.

Der Flieger vollführte seine Runde Richtung Startbahn und startete direkt durch. Das Rattern und Zittern wurde dieses Mal vom Prasseln des Regens gegen die Seitenfenster begleitet. Das Flugzeug hob ab und nahm Höhe auf. Der Wind schien dem Flugzeug das Abheben schwer zu machen. Der Anstieg wurde von einem wellenartigen Schwanken begleitet. Ralph bekam es mit der Angst zu tun. So intensiv hatte er das noch nie erlebt. Niemand sprach. Es herrschte angespannte Stille. Nur das Dröhnen der Turbinen und das prasselnde Rauschen des Wassers, das an die Scheibe schlug, waren zu hören. Sein Sitznachbar auf der anderen Seite des Ganges umklammerte mit seinen Händen die Lehnen, sodass seine Handknöchel weiß hervortraten. Das Flugzeug gewann weiter an Höhe und ging in die Kurve. Die Windböen und der peitschende Regen setzten dem Flieger zu. Die Turbulenzen glichen einem Kampf zwischen Technik und Natur. Schräg gegenüber von Ralph weinte eine Frau. Ihm selbst lief der Schweiß am Rücken herunter und er klammerte sich an seine Armlehnen. Warum war er nicht ausgestiegen? Seine Intuition hatte ihn gewarnt. Die Turbinen stemmten sich brüllend gegen die Naturgewalt und der Flieger gewann zitternd, brummend und klappernd mühsam weiter an Höhe. Selbst Gesichter der routinierten Dauerflieger waren vor Schreck verzerrt. Das Flugzeug kämpfte sich weiter nach oben und jeder in der Maschine kämpfte mit sich selbst.

Nach schier endlos wirkenden Minuten durchbrachen sie die Wolkendecke und verringerten den Anstiegswinkel. Schlagartig wurde es ruhiger. Ein kollektives Aufatmen war zu hören. Ralph war nassgeschwitzt. Er blickte zur Seite. Sein Sitznachbar am Fenster atmete immer noch leicht hektisch und war ebenfalls nass geschwitzt. Das Flugzeug stieg weiter an, bis es schließlich die Flughöhe erreicht hatte. Durch die Lautsprecher ertönte die Stimme einer Flugbegleiterin, die leicht zittrig darauf hinwies, dass man angeschnallt bleiben und beim Öffnen der Gepäckfächer vorsichtig sein solle. Ralph blickte verstohlen zur Seite. Sein Sitznachbar war immer noch bleich, schwitzte und rutschte auf seinem Sitz herum. Plötzlich griff er in seine Hosentasche und bäumte sich auf. Ralphs Muskeln spannten sich an, er ballte seine Fäuste und wieder stieg die Angst in ihm hoch. Sein Sitznachbar zog etwas aus der Tasche. Er musste Ralphs entsetzten Blick bemerkt haben und sah ihn ebenfalls mit großen Augen an. Dann wickelte er ein Kaugummi aus dem Papier und steckte es sich in den Mund. Ralph entspannte sich. Verdammt, was war hier eigentlich los? War das alles ein schlechter Traum? Ralph versuchte, sich mit Lesen abzulenken, aber die Sätze kamen nicht bei ihm an. Er überflog die Zeilen und gab schließlich resigniert auf.

Ein Ping durch den Lautsprecher und eine Ansage kündigten den Landeanflug an. Als das Flugzeug in die Wolkendecke eintauchte, war erneut eine Nervosität zu spüren. Doch dieses Mal lief es ruhiger ab und die allgemeine Anspannung löste sich.

Das Flugzeug setzte hart auf der regennassen Landebahn auf. Die Köpfe der Fluggäste wankten bei der Bremsung synchron hin und her. In einer weiten Schleife zog das Flugzeug seine Bahn in Richtung des Flughafengebäudes. Als die Turbinen hörbar herunterfuhren, war eine Erleichterung in der gesamten Kabine zu spüren. Ralph blickte erneut zur Seite.

Sein Sitznachbar wandte sich lächelnd Ralph zu und sagte im leicht brüchigen Deutsch: „Ich habe schreckliche Flugangst. Fliege nie! Muss dringend zu Familie. Ist Flug immer so?"

Ralph brach in ein Lachen aus: „Nein, um Gottes Willen. Das war nicht normal." Sein Sitznachbar nickte ihm freundlich zu.

Die Passagiere verließen das Flugzeug und liefen die Gangway hoch. Die Folgen des Fluges in Form von Schweißflecken und erschöpften Gesichtern waren überall noch zu sehen. Doch eine fröhliche Erleichterung war spürbar.

Ralph lief durch die Ankunftshalle und suchte nach einem Schild zu einem Taxistand. Er dachte über die letzten surrealen Stunden nach und verließ das Gebäude. Der Taxistand am anderen Ende des Vorplatzes war bereits in Sichtweite. Er dachte an den Kommentar seines Sitznachbarn und musste unwillkürlich lachen. Er war von seinen Gedanken abgelenkt – ebenso wie der Autofahrer von dem heruntergefallenen Eis und dem entrüsteten Schrei des Kindes auf der Rückbank. Die Geschwindigkeit war nicht hoch, reichte aber, um Ralph über die Motorhaube zu schleudern. Sein Koffer platzte auf und der Inhalt verteilte sich auf dem Parkplatz. Der Wagen bremste scharf. Eine Frau schrie. Dann war es still.

Michael

Kaffeetassen und schmutzige Gläser säumten den Tisch. Neben den leeren Tellern lagen Krümel. Die Luft im Raum war verbraucht, doch die Teilnehmer registrierten das nur unbewusst. Eine lähmende Müdigkeit ergriff die Anwesenden. Nun kam der Punkt, an dem sich die Spreu vom Weizen trennte. Wer seine Konzentration noch aufrechterhalten und der Erschöpfung widerstehen konnte, war im Vorteil. Studien hatten ergeben, dass Müdigkeit die Bereitschaft für Kompromisse erhöhte. Eine gute Kondition bei langen Verhandlungen sollte sich also auszahlen. Hin- und hergerissen zwischen der Sehnsucht, diesen Marathon beenden zu können und gleichzeitig seine Ziele so weit wie möglich zu sichern, rangen die Parteien am Tisch um die zuletzt verbliebenen offenen Vertragspunkte. Stundenlang saßen sie nun beieinander, unterbrochen von nur gelegentlichen Pausen, um den körperlichen Bedürfnissen nachzukommen und im Team die Taktik an die Situation anzupassen.

Michael hatte mit seinem Geschäftspartner jahrelang auf dieses Ziel hingearbeitet. Sie hatten hart geackert, waren durch tiefe emotionale Täler gegangen und hatten sich in vielen mühsamen Schritten allmählich etwas aufgebaut. Das Geschäft lief, was der übermächtigen Konkurrenz nicht verborgen geblieben war. Michael erinnerte sich gut an den Tag, als der Anruf gekommen war. Ihm war sofort klar gewesen, in welche Richtung das gehen könnte. Der Exit war ein kalkuliertes Ziel gewesen. Die Früchte der Arbeit einfahren und endlich zur Ruhe kommen. Keine Nächte mehr durcharbeiten. Mehr Zeit für Freunde und Familie haben, bevor es irgendwann zu spät war.

Die Verhandlungen waren erfolgreich gestartet und am Anfang war es zügiger als erwartet gelaufen. Doch dann hatten sie sich stundenlang an einzelnen Themen die Zähne ausgebissen. Die Idee, die Verhandlungen zu vertagen, war abgelehnt worden. Beide Seiten wollten die Verhandlungspunkte an diesem Termin über die Bühne bringen.

Michael spürte, wie seine Konzentration durch die Müdigkeit litt. Seinem Geschäftspartner Thomas schien es genauso zu gehen, ebenso wie ihrem Anwalt. Doch auch auf der anderen Seite des Tisches waren die Erschöpfung und Anspannung deutlich zu spüren. Nun hieß es: konzentrieren und durchhalten.

Der letzte Themenblock kam an die Reihe. Michael war erleichtert. Ein flüchtiger Seitenblick zu Thomas bestätigte, dass er ähnlich empfand. Die Ziellinie war in Sicht.

Der Anwalt der Käuferseite räusperte sich, setzte eine betont sorgenvolle Miene auf und sagte: „Zum letzten Punkt auf der Agenda gibt es neue Informationen, die mich – offen gesagt – etwas beunruhigen. Ich habe soeben einen Anruf aus unserer Kanzlei erhalten. Unsere Fachkollegen haben das Patent noch einmal unter die Lupe genommen. Wir haben bei einer intensiven Recherche leider feststellen müssen, dass das Patent möglicherweise angreifbarer ist als bisher angenommen."

Michael schaute Thomas erschrocken an, der seinen Blick erwiderte. Das Patent war das Kernstück des Unternehmens, eines der Kronjuwelen. Aus einem Geistesblitz von Michael geboren und von beiden weiterentwickelt, war es das Fundament eines ihrer wichtigsten und umsatzstärksten Geschäftszweige. Das Patent war ein wichtiger Preistreiber für sie. Thomas holte Luft und wollte etwas sagen, doch der Anwalt hob die Hand und fuhr fort: „Ihre kreative Lösung ist sicherlich brillant und das ist einer der Gründe, warum wir hier heute sitzen. Das Patent war es, das meine Mandanten dazu bewegt hat, mit Ihnen das Gespräch aufzunehmen. Ansonsten wäre diese Verhandlung obsolet gewesen. Ein Nachbau ist ohne weiteres möglich. Das wissen Sie auch. Unsere Recherche zeigt, dass es zu dieser technischen Kombination bereits eine Veröffentlichung eines Doktoranden in den USA gibt. Ihre Idee wird zwar nicht eins zu eins beschrieben, es sind jedoch Abläufe und Kriterien enthalten, die die Neuheit Ihrer Idee angreifbar machen. Bitte verstehen Sie, dass dieser Punkt für meine Mandantschaft ein wesentliches Kriterium ist, ein möglicher Dealbreaker, um es genau zu sagen. Dieses Risiko müssen wir daher genaustens analysieren."

Thomas unterbrach den Vortrag des Anwalts: „Das ist doch Unfug. Mir ist diese Veröffentlichung nicht bekannt. Wir haben über unseren Patentanwalt eine umfassende Recherche laufen lassen und aufgrund seiner Bewertung das Patent eingereicht. Die Idee ist absolut neu."

Der Anwalt ruckte seinen Stuhl zurecht: „Ich verstehe Ihren Einwand. Ich verstehe auch, dass das jetzt ungelegen kommt. Ich muss jedoch im Interesse meines Mandanten solche Tatsachen, die ein Risiko darstellen, zur Sprache bringen. Auch wenn Sie diese Idee hatten und von niemandem dabei fachlich beeinflusst wurden – um es mal so auszudrücken –, kann es natürlich sein, dass irgendjemand auf der Welt die Idee ebenso hatte und früher damit um die Ecke kam."

„Wollen Sie etwa behaupten, dass wir irgendwo etwas abgeschrieben haben?", fragte Thomas gereizt.

„Nein, davon habe ich nicht gesprochen. Ich rede nur über Fakten. Ich bekomme gleich per E-Mail ein Memo dazu."

Der Verhandlungsführer der Käuferseite unterbrach die Diskussion: „Lassen Sie uns das in Ruhe klären. Ich schlage vor, wir machen eine kurze Pause und warten auf das Memo. Vorher werden wir sowieso nichts entscheiden."

Der Anwalt von Thomas und Michael stimmte dem Vorschlag zu. Sie standen auf und verließen mit ihrem Anwalt den Raum.

Thomas brauste auf: „Was fällt dem ein? So ein Arsch! Wieso kommt der damit jetzt um die Ecke? Der hat doch damit extra bis zum Schluss gewartet. So ein Schwachsinn. Die wollen nur den Preis drücken!"

Ihr Anwalt hob beschwichtigend die Hände: „Warten wir ab. Wir schauen uns das Memo in Ruhe an. Das ist tatsächlich etwas merkwürdig, dass dieses Thema genau jetzt auftaucht. Ich vermute auch, dass es zur Taktik der Käufer gehört. Aber wir haben keine Wahl. Das heißt, eine Wahl, das Ganze abzubrechen, haben wir immer. Aber das ist zu diesem Zeitpunkt ja keine Option. Oder sehen Sie das anders?"

Kopfschütteln. Michael fuhr fort: „Richtig, wir müssen warten und Ruhe bewahren. Ändern können wir aktuell sowieso nichts. Lasst uns aber inzwischen schon mal überlegen, was das bedeuten könnte. Ich denke, wir sind uns einig, dass wir das Memo ignorieren und auf unseren Bedingungen beharren. Denn offensichtlich ist das eine Luftnummer von denen, oder?"

Ihr Anwalt bestätigte den Vorschlag, verwies aber nochmal auf das Memo, das mehr Informationen enthalten sollte.

Thomas zögerte und sagte: „Was machen wir, wenn da tatsächlich was dran ist?"

Ihr Anwalt antwortete: „Das hängt davon ab, wie hoch wir das Risiko einschätzen. Wenn die Sachlage dünn, aber doch noch risikobehaftet ist, wird die Gegenseite den Deal vermutlich trotzdem wollen, aber versuchen, das Risiko einzupreisen. Je höher das Risiko ist, dass das Patent angreifbar ist, desto eher könnten sie die Möglichkeit in Betracht ziehen, den Deal platzen zu lassen. Dann bauen die das nach und lassen es auf einen Prozess ankommen. Als großer Konzern haben die ausreichende finanzielle Ressourcen, einen solchen Kampf jahrelang zu führen. Es stellt sich auch die Frage, ob dieser Doktorand in den USA irgendwelche Rechte beantragt hat. Wir wissen noch zu wenig. Kurz gesagt: Je höher das Risiko, dass die Neuheit angreifbar ist, desto mehr wird sich das auf den Preis auswirken und das Risiko, dass die von dem Deal Abstand nehmen."

Die drei schwiegen, bis sich Thomas räusperte. „Okay, lasst uns abwarten und das in Ruhe prüfen. Wir haben so lange dafür gekämpft und so viel aufgebaut. Ich will diesen Deal. Ich möchte nicht, dass das den Bach runtergeht, oder wie siehst du das, Michael?"

„Ich sehe das genauso", antwortete Michael. Gedankenverloren liefen sie über den Flur.

Ihr Anwalt kam zu ihnen und verkündete: „Ich habe das Memo von dem Anwalt der Käuferseite erhalten und bereits an Sie weitergeleitet. Lassen Sie uns das in Ruhe lesen und dann sprechen."

Beide nickten.

Es war bereits Nacht, als Michael, Thomas und ihr Anwalt das Gebäude verließen. Die Erschöpfung verstärkte die Wirkung des Champagners. Die Stimmung war verhalten, ruhig, aber auch gelöst.

„So richtig fassen kann ich das noch nicht", sagte Michael. Thomas nickte. Ihr Anwalt sagte: „Unter den Umständen ist es aus meiner Sicht das Beste, was Sie herausholen konnten. Der Deal ist gut, auch wenn es leider nicht das geworden ist, was Sie sich gewünscht haben. Wir haben alles ausgereizt."

Thomas erwiderte: „Ich denke auch, dass es gut so ist. Ich bin zufrieden. Nach so langer Zeit ist es nur schwierig, das zu greifen. Michael, mit dem Ergebnis können wir gut leben. Es ist zwar noch nicht die Dauerrente, aber es reicht, um etwas Neues aufzubauen. Und es reicht, um mal etwas herunterzukommen. Das brauche ich jetzt dringend."

„Du hast recht. Lass uns das Beste daraus machen."

Beide lächelten. „Auch wenn ich echt platt bin, lasst uns doch noch etwas trinken gehen", sagte Thomas. Michael und ihr Anwalt stimmten zu.

Sechs Monate später. Der Deal war über die Bühne gegangen. Thomas und Michael hatten sich eine Auszeit genommen. Zeit für die Familie, zum Entspannen und für vernachlässigte Hobbys. Beide hatten in den letzten Wochen nicht mehr miteinander gesprochen.

Es war ein Samstagmorgen, als Michael seine Laufrunde beendet hatte und auf seine Haustür zusteuerte. Er öffnete den Briefkasten und nahm die Post heraus. In seiner Wohnung legte er die Briefe auf den Küchentisch, holte sich ein Getränk und sah die

Post durch. Ein Brief war offensichtlich nicht zugestellt, sondern direkt eingeworfen worden. Es stand nur sein Name darauf. Kein Absender. Er riss den Brief auf. Auf dem Briefbogen waren nur wenige Zeilen geschrieben. Sein Gesicht verfinsterte sich, als er die Nachricht las. Er ließ den Briefbogen sinken. Seine Frau betrat die Küche, sah ihn an und fragte: „Alles in Ordnung? Ist was passiert?"

Michael sah sie an und antwortete: „Das glaubst du mir nicht." Mit diesen Worten reichte er ihr das Schreiben.

Thomas parkte seinen Wagen, stieg aus und schloss ab. Als er sich umdrehte, um die Straße hinunter zu seiner Wohnung zu laufen, blieb er überrascht stehen. „Hey, Michael! Du hast mich ja erschreckt. Was machst du hier?"

„Wir müssen reden", sagte Michael.

„Warum hast du nicht angerufen?"

„Habe ich. Ungefähr zehnmal. Aber du gehst ja nicht an dein Telefon."

Thomas verzog sein Gesicht: „Ah, stimmt. Ich wollte zurückrufen. Hab' gerade viel um die Ohren. Sorry. Sollen wir uns mal wieder zum Essen treffen?

Ich habe heute aber nicht viel Zeit. Vielleicht nächste Woche?"

Michael senkte den Kopf und lächelte leicht grimmig. „Nein, Thomas. Wir müssen jetzt sprechen. Das heißt, ich will eigentlich ein paar Antworten von dir!"

Thomas wirkte verunsichert. „Äh, das ist gerade wirklich schlecht. Aber um was geht es denn?"

Michael fuhr fort: „Eigentlich ist das gar nicht so schwierig. Stimmt es, dass du bei denen als Geschäftsführer eingestiegen bist und Anteile hältst?"

„Ja, das stimmt. Hatte ich dir nichts von meinen Plänen erzählt? Ist doch nicht verboten, oder?"

„Nein, das ist es nicht, auch wenn es etwas schnell ging. Mich haben sie übrigens nicht gefragt. Wäre mir auch egal gewesen. Was nur wirklich sehr merkwürdig ist, dass du offensichtlich direkt nach dem Deal bei denen einsteigst, du Anteile erhältst, einer der Geschäftsführer wirst und wir bei dem Deal erheblich mit dem Preis heruntergehen mussten." Michael wurde lauter. „Und jetzt kommt die Pointe: Diese Scheiß-Veröffentlichung von dem Doktoranden in den USA war ein Fake, nicht wahr?"

Es herrschte kurz Stille zwischen ihnen. Thomas sah auf den Boden, wandte sich Michael zu und trat einen Schritt näher. Er streckte sich. Seine Gesichtszüge veränderten sich, wurden härter. Sein Blick trug Boshaftigkeit und Hass in sich. Michael spürte einen kalten Schauer über den Rücken fließen.

Ruhig, aber bestimmt antwortete Thomas: „Das kannst du nicht beweisen und das wirst du auch niemals beweisen können, du blöder Pisser! Es ist nicht mein Problem, wenn du es nicht kapierst, wie so etwas läuft. Es ist nicht mein Problem, wenn du auf der Strecke bleibst. Wage es bloß nicht, mir in die Quere zu kommen. Ich jage dir Heerscharen von Anwälten auf den Hals. Die Firma wird dich mit aller Kraft bekämpfen und vernichten, wenn du versuchst, ein Fass aufzumachen. Nimm das, was du mit dem Deal bekommen hast, und gib dich damit zufrieden. Lauere mir nie wieder auf und ruf mich nie mehr an." Thomas klemmte seine Tasche unter den Arm und marschierte wortlos an Michael vorbei, der Thomas mit offenem Mund hinterher blickte.

„Die Angst vor dem Schicksal ist nur zu verständlich: es ist ein Unabsehbares und Grenzenloses; es birgt unbekannte Gefahren, und das Zögern des Neurotischen, das Leben zu wagen, erklärt sich unschwer aus dem Wunsche, abseits stehen zu dürfen, um nicht in den gefährlichen Kampf verwickelt zu werden. Wer auf das Wagnis, zu erleben, verzichtet, muss den Wunsch dazu in sich ersticken, also eine Art von partiellem Selbstmord begehen.“

C.G. Jung (Mensch und Seele)